Bücher & eBooks

AF205017

© 2023 Antje Haugg

Satz & Layout: Uwe Köhl

Lektorat: Sabrina Haugg
Verlagslabel: Elvea Verlag

ISBN Softcover: 978-3-347943-24-7
ISBN Hardcover: 978-3-347943-25-4
ISBN E-Book: 978-3-347943-26-1

Druck und Distribution im Auftrag:
tredition GmbH, An der Strusbek 10, 22926 Ahrensburg, Germany

Antje Haugg

Eine Jungfrau für Apophis

ELVEA
Bücher & eBooks

für die Helden meiner Jugend:

John und Suko

Prolog

Wie an jedem Abend stand der Sonnengott Re aufrecht in seiner Sonnenbarke, die von Seth über den Rand der Erde gezogen wurde.

Wie an jedem Abend begab er sich mit seiner Gefolgschaft auf seine nächtliche Reise durch die Unterwelt.

Wie in jeder Nacht wurde Re von seinem Bruder Apophis angegriffen, der mächtigen Schlange, die versuchte, die Sonnenbarke zum Sinken zu bringen.

Wie in jeder Nacht schaffte es Apophis, Re und sein Gefolge zu hypnotisieren, sodass sie nicht mehr zurückkonnten auf die Erde. Und wie in jeder Nacht war Seth der Einzige, der den Blicken des Apophis widerstehen konnte.

Seth tötet Apophis, dessen Blut bei Sonnenaufgang den Himmel rot färbt, an jedem Morgen aufs Neue.

So siegt nach jeder Nacht das Gute über das Böse, aber des Abends ist das Böse doch wieder da und der alte Kampf beginnt von vorne.

Jeden Abend, jede Nacht, jeden Morgen dasselbe.

Und Anton saß stets auf seinem Felsen, um zuzusehen. Immer wieder und wieder sah er zu, er sah das alles und war zugleich dabei. Er sah es und war zugleich Apophis, der kämpfte, starb und wieder auferstand.

Immer wieder. Bis zu diesem Abend.

Wieder stellte sich die Schlange Apophis der Sonnenbarke entgegen, wieder fielen alle Insassen außer Seth in Trance. Aber in dieser Nacht geschah es, dass Seth nicht nur Apophis tötete, sondern ihn auch mit einem mächtigen Beschwörungszauber belegte, der Apophis für immer in die Welt der Dämonen verbannen sollte.

Laut schrie Apophis auf, vor Schmerz, Wut und Hass. Er spie Seth einen Fluch entgegen. Und so geschah es, dass es Seth war, der den Platz von Apophis einnehmen musste, damit das Gleichgewicht bestehen blieb zwischen Tag und Nacht, Licht und Dunkelheit, Gut und Böse.

Apophis aber wurde hinabgeschleudert in das Reich der Dämonen, wo er verharren musste.

Anton war Apophis, auch er wurde hinabgeschleudert.

Aber Anton war auch nicht Apophis, und so spuckte die Dämonenwelt ihn wieder aus ins Diesseits. Zugleich bekam Anton von Apophis den Auftrag, ihn zu befreien, damit dieser seinen rechtmäßigen Platz gegenüber der Sonnenbarke wieder einnehmen, Seth ein für alle Mal besiegen und für alle Ewigkeit das Chaos auf der Erde verbreiten konnte.

Kapitel Eins - Freitag

Der Mond schien rund und voll auf den Bayreuther Stadt-friedhof herab. Längst waren alle Tore versperrt, die Wege zwischen den Gräbern menschenleer, nur die Grabsteine schimmerten im matten Mondlicht. Der laue Sommer-wind trug die Glockenschläge der Schlosskirche herüber, Mitternacht. Alles schien still und friedlich. Plötzlich erschrecktes Hühnergegacker, das abrupt endete. Einige Schatten huschten zur Friedhofsmauer und verschwanden im Dunkel der Juninacht.

Dann herrschten wirklich Ruhe und Frieden.

Frau Sonnlechner ging wie an jedem Morgen noch vor dem Frühstück zum Friedhof, um das Grab ihres Mannes zu gießen. Ihr Tagesablauf war straff durchgeplant, und die frisch gesetzten Gottesaugen hatten Vorrang vor allem anderen. Sie tippelte zum Brunnen, mit den energischen Schritten einer Frau, deren Alter auf dem Papier nicht im Einklang mit ihrer tatsächlichen Vitalität stand, angelte sich eine Gießkanne von der Halterung herunter, tauchte sie ins Wasser, bis sie halbvoll war, und eilte weiter zum Grab. Dort verteilte sie den Inhalt der Kanne über den heuer mickrigen, kläglich dreinschauenden Gottesaugen, sprach ein kurzes Gebet und drehte sich um. Ihre Arbeit hier war für heute beendet. Plötzlich fiel ihr Blick auf das nahe gelegene Grab eines hohen Herrn des vergangenen Jahrhunderts, das größer war als das ihres Georg, ge-schmückt mit einem überlebensgroßen Sandsteinengel.

Sie stutzte, irgendetwas war heute anders. Zögernd ging sie zwei, drei Schritte auf das Grab zu. Zu Füßen des Engels entdeckte sie einen unregelmäßig ausgebreiteten dunklen Fleck. Sie kam noch näher, dann schlug sie erschrocken die Hand vor den Mund. Es war Blut, angetrocknetes Blut. Garniert mit ein paar schwarzen Federn, dunkelrot gesprenkelten Primeln. Und mit einem toten Hahn.

Sie kreischte hysterisch auf und rannte regelrecht zum Büro der Friedhofsverwaltung. Um diese Uhrzeit war es allerdings noch verschlossen, kein Mitarbeiter ließ sich blicken. Verzweifelt schaute Frau Sonnlechner nach rechts und links, wieder kein Mensch zu sehen. Schließlich fiel ihr etwas ein, sie kramte in ihrer kleinen abgewetzten Handtasche und holte ihr Handy heraus. Zitternd wählte sie die Nummer der Polizei.

Als KHKin Julia Lehmann an ihrem Arbeitsplatz erschien, lag eine kurze Notiz auf ihrem Schreibtisch. Vandalismus im Stadtfriedhof. Sie seufzte. Damit durfte sie sich also herumschlagen. Immerhin etwas, denn Morde waren derzeit für sie gestrichen. Seit ihr Chef Wind von ihrer Schwangerschaft bekommen hatte, wurde sie betüttelt wie ein kleines Kind. Ade, Außendienst. Ade, Mordermittlungen. Schreibtischarbeit, ab und zu ein paar harmlose Straftaten wie diese hier, das war jetzt ihr täglich Brot geworden. Sie ahnte nicht, dass es dieses Mal anders laufen würde als in den letzten Wochen …

»Stefan, hast du das gelesen? Schon wieder eine Grabschändung. Nur ist es diesmal gleich ein ganzer Hahn, der geopfert wurde.« Julias Stimme klang leicht genervt, und das nicht ohne Grund. Seit etwa vier Wochen durfte sie sich mit dieser Friedhofsgeschichte herumschlagen, ohne dass bisher etwas dabei herausgekommen wäre. In unregelmäßigen Abständen, alle paar Tage respektive Nächte wurden auf immer anderen Gräbern Tieropfer dargebracht. Bisher waren es tote Küken gewesen, die von verstörten Friedhofsbesuchern entdeckt worden waren, stets auf der Mitte eines Grabes drapiert, stets umgeben von 13 kümmerlichen Kerzenstummeln, die bis zur bitteren Neige herabgebrannt waren, stets garniert mit seltsamen mystischen Symbolen, die mit Kreide auf die Grabsteine gezeichnet waren. Obwohl das Gebiet um den Stadtfriedhof nachts verstärkt durch Polizeistreifen kontrolliert wurde, konnte bislang kein Urheber der gruseligen Opferrituale gefunden werden. Und Julias Ansinnen, sich nachts höchstpersönlich auf die Lauer zu legen, hatte Staatsanwalt Strasser empört abgelehnt.

»Frau Lehmann, sind Sie denn von allen guten Geistern verlassen? Ihnen ist schon klar, dass Sie werdendes Leben unterm Herzen tragen, oder? Sie erwarten nicht ernsthaft, dass ich mein Einverständnis gebe? Bleiben Sie mal schön hinter der Schusslinie, überlassen Sie den riskanten Außendienst den Kollegen von der Streife. Oder legen Sie es darauf an, dass ich einen Plausch mit der Betriebsärztin halte, damit Sie für den Rest Ihrer Schwangerschaft komplett vom Dienst freigestellt werden?«, schnarrte Strasser die Kommissarin an.

Der schmächtige Mann, der aufgrund seiner Körpergröße hinter vorgehaltener Hand von allen Bonsai genannt wurde, verschwand fast hinter seinem überdimensionalen Schreibtisch aus wunderschön gedrechseltem Nussbaumholz, aber seine Persönlichkeit füllte den kompletten Raum. Julia, die sich nur allzu gern mit ihm anlegte, musste zähneknirschend eingestehen, dass Strasser diesmal recht hatte – auch wenn seine Fürsorge sie nervte.

Aber immerhin hatte sie in Strasser wie auch in ihrem Kollegen Stefan Siems zumindest zwei fürsorgliche Menschen, auch wenn das nur ein schwacher Trost für sie war. Es war ihre eigene Entscheidung gewesen, sich im Januar von ihrer großen Liebe Jan Keller zu trennen, ohne ihm von ihrer Schwangerschaft zu erzählen. Sie hatte sich immer Kinder gewünscht, aber keine bekommen können. Und Jan hatte ihr erklärt, wie viel Verantwortung und Einschränkung eigene Kinder bedeuteten, dass er sich gut mit ihrer Kinderlosigkeit arrangieren konnte und dass sie aufhören solle mit ihrem Schicksal zu hadern. Kurzum: Jan hatte keine Kinder gewollt, und Julia hatte sich unter vorgeschobenen Gründen von ihm getrennt, in der festen Überzeugung, dass alles andere in einem Fiasko geendet hätte. Aber ihr Herz hatte einen kurzen Moment lang aufgehört zu schlagen, als Jan gegangen war. Und als es wieder zu seinem normalen Rhythmus fand, da war es gebrochen. Theatralische Worte, aber so sehr sich Julia auch auf ihr Baby freute: Etwas in ihr war kaputt gegangen an diesem Sonntag im Januar, und der dumpfe Schmerz in ihr hatte sich bis heute nicht gelegt. So sehr sie auch tagsüber jeden Gedanken an Jan beiseiteschob, abends schlich er sich immer wieder in Julias Kopf, dann fragte sie sich, was er wohl gerade machte, wie es seinen Eishockeyjungs wohl ging, ob er immer noch Trainer der Knaben war oder ein jüngeres Team übernommen hatte. Abends, im Übergang zwischen Wachsein und Traum, da huschten ihre Gedanken zu dem blonden Hünen, da glaubte sie, sein Rasierwasser zu riechen, seine Küsse zu spüren. Abends, da erlaubte sie sich die Tränen, die sie tagsüber stets hinunterschluckte.

Energisch rief sie sich ins Hier und Jetzt, als ihr Kollege zerstreut antwortete.

»Ja, hab's schon gehört. Julia, stress dich doch nicht rein wegen dem Schmarrn. Lass das den Außendienst erledigen.«

»Und was soll ich in der Zwischenzeit machen? Mein Bäuchlein streicheln und am Schreibtisch versauern? Das könnte euch so passen!«

Stefan lächelte gutmütig – er konnte sich noch gut an die Schwangerschaft seiner Frau erinnern und reagierte daher gelassen auf Julias Ausbrüche. »Wir haben doch eh grad nichts Dramatisches zu tun. Kein Mord, keine sonstigen Kapitalverbrechen. Auch wenn du nicht schwanger wärst, würdest du am Schreibtisch sitzen. Genau wie ich. Und komm, diese Opfergeschichte fällt eigentlich überhaupt nicht in unser Ressort. Lass es gut sein.«

Die Kommissarin schüttelte energisch den Kopf, die dunkelbraunen Locken tanzten um Kopf und Schultern. »Kennst du mich so schlecht? Das kommt ja gar nicht infrage. Wer weiß, wie lange ich noch fit genug bin – am Schreibtisch werde ich in ein paar Wochen noch genügend Zeit verbringen dürfen. Wie sieht es aus – bist du dabei? Schauen wir uns die Sache mal vor Ort an?«

»Okay, okay. Wenn du unbedingt willst, dann machen wir das«, gab Stefan klein bei. Auf gar keinen Fall würde er Julia alleine losziehen lassen, denn er hatte sich fest vorgenommen ein Auge auf sie zu haben, damit sie sich im Überschwang ihrer kriminalistischen Spürarbeit nicht zu viel zumutete.

Während der kurzen Fahrt zum Stadtfriedhof fasste Julia noch einmal zusammen, was über den Fall bisher bekannt war.

»Also, es liegen insgesamt 13 Fälle von Grabschändung vor. Zwölf Mal waren es wohl schwarze Küken, die offensichtlich auf den Gräbern umgebracht wurden –

Kopf ab. Ihr Blut floss auf die jeweiligen Grabsteine oder Grabplatten. Ein paar der Küken wurden nicht gefunden, da waren Marder oder Katzen wohl schneller. Aber die Blutflecke waren da. Immer waren Kerzenstummel auf den Gräbern, und immer waren es dreizehn an der Zahl. Außerdem waren die Grabsteine mit Kreidezeichen bedeckt, Rechtecke und Drudenfüße. Dann etwas, das sieht aus wie eine Mischung aus einer liegenden Acht und einem Baseballschläger« – sie lachte kurz und leicht ratlos – »und zu guter Letzt noch ein Mäandersymbol. Oder vielleicht auch ein Schlangensymbol? Was ist das denn bitte für ein Irrer?«

Stefan seufzte leise. »Manchmal hab ich das Gefühl, wir haben es nur mit Irren zu tun. Denk nur mal an den Mörder vom Jensen mit seiner Schlittschuhkufe.«

Als ob Julia das jemals vergessen könnte. Durch ihre Ermittlungen im Mordfall des Eishockeytorwarts Jensen hatte sie Jan kennengelernt. Jan, dessen Knabenteam die Leiche gefunden hatte. Jan, dessen tiefer Bass ihr vom ersten Augenblick an weiche Knie beschert hatte, dessen Lachen Magenkribbeln ausgelöst hatte. Jan, dessen Küsse – energisch wischte sie diese Erinnerungen fort. Stattdessen ging sie auf Stefans Überlegung ein. »Ja, das stimmt schon. Irgendwie sind unsere Mörder immer alle ziemlich gestört. Eigentlich fällt mir keiner ein, der normal gewesen wäre. Vermutlich kann man gar nicht normal sein, wenn man mordet. Oder die Normalität ist ganz nah am Irrsinn dran.«

»Diese Symbole – hat schon mal jemand versucht rauszufinden, was es damit auf sich hat?«, wollte Stefan wissen. Julia schüttelte den Kopf. »Nein, aus der Akte geht da nichts hervor. Aber die tauchen wohl auf jedem dieser Gräber auf.«

»Und diesmal ist es kein Küken, sondern ein ausgewachsener Gockel?«

»Genau. Und der Rest ist wie gehabt. Dreizehn Kerzenstummel, Kreidezeichen, Blut. Wie kann man nur so verrückt sein und auf Gräbern Tiere schlachten? Meinst du, das sind einfach nur Spinner, die sich einen Spaß daraus machen, die Besucher zu schocken? Oder steckt da mehr dahinter? Eine Art Totenkult vielleicht? Eine Sekte?«

Stefan fuhr auf den kleinen Parkplatz vor dem Friedhofseingang. Sie hatten Glück: Parkplätze waren dort Mangelware, aber einer wurde gerade frei.

»Totenkult, Sekte – ich tippe eher auf ein paar durchgeknallte Jugendliche, die sich dadurch einen Kick geben wollen. Wer weiß schon, was die sich alles so reinziehen, da kommt man schnell auf verrückte Ideen.«

Julia gab ihrem Kollegen einen spielerischen Knuff mit dem Ellbogen. »Du hast wohl nie John Sinclair gelesen in deiner Jugend, oder?«, grinste sie.

Stefan musste ebenfalls lächeln. »Der Geisterjäger – wer hat den nicht verschlungen. Aber du hast ja wohl offensichtlich zu viele Horrorromane gelesen. Was vermutest du als Nächstes? Dass Dämonen beschworen werden auf dem Bayreuther Stadtfriedhof? Ist das nicht der falsche Ort für so etwas? Wirtschaftsforen wären da ja wohl geeigneter, oder?«

Julia seufzte tief. »Da hast du nicht ganz unrecht. Schade. Ich hätte den attraktiven Geisterjäger und seinen Freund Suko gerne engagiert, damit sie sich hier mal umsehen.«

Die beiden Beamten liefen einen der geteerten Hauptwege des Friedhofs entlang. Die hohen Bäume spendeten viel Schatten, was gerade bei Beerdigungen im Hochsommer ein großer Vorteil war: Auf dem relativ sonnigen

Südfriedhof kam es immer mal wieder vor, dass Trauergäste umkippten. Am Stadtfriedhof dagegen war dieses Phänomen eher unbekannt. Still und friedlich war es hier, die Sandsteinmauern hielten den Verkehrslärm draußen. Nur ein leises stetiges Rauschen unterlegte den Gesang der Vögel in den alten Bäumen. Als Julia und Stefan nach links auf einen Seitenweg abschwenkten, knirschte Kies unter ihren Sohlen. Drei Reihen schritten sie ab, dann waren sie am letzten Tatort angekommen. Offizielles Absperrband war um das Grab gespannt, der tote Hahn war bereits entsorgt worden, aber Blut wie Kreidestriche waren noch deutlich zu sehen. Obwohl bereits alles fotografiert worden war, machte Julia noch ein paar Bilder mit ihrem Handy. Dann sahen sie sich das Grab und die nähere Umgebung genau an, ohne jedoch noch etwas zu entdecken. Schließlich schnaufte Julia tief durch und lief entschlossen zu einem nahen Brunnen, wo sie eine Gießkanne mit Wasser füllte und damit zum Grab lief. Stefan unterdrückte den Impuls, ihr die Gießkanne aus der Hand zu nehmen. Er wusste, sie hätte das Ding eh nicht hergegeben. Wortlos tat er es ihr nach. Eine Kanne Wasser würde nicht reichen, um das Blut wegzuspülen. Während Julia das Absperrband entfernte, klaubte Stefan die Kerzenreste zusammen. Es führte zu nichts, das geschändete Grab noch länger in diesem Zustand zu lassen.

»Albert Zweistein, Komponist. Das ist der mit der Zweistein-Sonate, oder?«, sinnierte Julia. Dieses Stück, vor etwa 100 Jahren geschrieben, war der einzige Erfolg des Bayreuther Komponisten gewesen, wurde aber oft in einem Atemzug mit Wagner genannt. Fast jeder Klavierschüler der Gegend hatte irgendwann diese Sonate gelernt. Und ausgerechnet das Grab Zweisteins hatte sich der Irre für seine Tat ausgesucht.

»Die anderen Gräber, waren die auch von berühmten Persönlichkeiten?« Stefan versuchte, den roten Faden zu finden, der die einzelnen Taten verband. Aber Julia verneinte.

»Das ist offenbar völlig willkürlich. Weder sind das alles Berühmtheiten noch derselbe Geburts- oder Sterbejahrgang. Und die Gräber sind über den gesamten Friedhof verteilt. Ich will mir gar nicht vorstellen, dass jetzt vielleicht noch elf Gockel folgen. Und was kommt dann?« Sie schüttelte sich angewidert.

Rückblick - Februar - Dana

»Anton, wo bleibst du denn? Jetzt komm doch endlich!«

Dana Großmann war mehr als genervt von ihrem Verlobten. Wie sehr hatte sie sich auf diese Reise nach Ägypten gefreut, ihre Verlobungsreise, das hatte er ihr ins Ohr geflüstert, damals, als er sie beim Abendessen mit einem wunderschönen Ring und den Flugtickets überrascht hatte. Schon immer hatte Dana sich gewünscht, die Pyramiden zu besuchen, die Sphinx zu sehen, durch heißen Wüstensand zu laufen. Und eine Kreuzfahrt auf dem Nil zu machen. All das hatte Anton ihr zur Verlobung geschenkt. Als wäre sie nicht eh schon die glücklichste Frau von ganz Bayreuth gewesen, allein durch seinen Antrag.

Aber seit sie hier waren, verhielt sich Toni anders als zuvor. Er wirkte unkonzentriert, abwesend, zerfahren. Das war nicht der Mann, der vor wenigen Wochen um ihre Hand angehalten hatte. Er war ein Mann geworden, in dessen Leben Dana aktuell nur eine untergeordnete Rolle spielte. Was ihr überhaupt nicht gefiel.

Anton Altner schreckte hoch, als Dana ihn unwirsch anblaffte. Verwirrt sah er auf seine Armbanduhr. Sie hatte ja recht– er hatte wohl die Zeit vergessen, das Abendessen auf dem Vorderdeck wartete. Ein Highlight der Reise, das romantische Essen unterm Sternenzelt. So stand es zumindest im Prospekt des Reisebüros. Anton allerdings hatte keinen Hunger, er hatte auch keine Lust auf Danas Gesellschaft. Etwas in ihm zog und zerrte an seinem Unterbewusstsein, seit sie in Kairo gelandet waren. Quälende

16

Unruhe hatte ihn erfasst. Tagsüber lief er in jeder freien Minute rastlos hin und her. Und nachts ... Nachts träumte er von mächtigen, bedrohlichen Wesen, das waren wohl die alten ägyptischen Götter. Nie zuvor hatte Anton sich mit den Mythologien von Re, Seth, Anubis und wie sie alle hießen, befasst. Und doch waren sie plötzlich präsent in seinen Träumen, als wären sie ein Teil von ihm. All das machte ihm Angst, trotzdem konnte er mit niemandem darüber reden. Es war, als wäre Anton mit einem Bann belegt, einem Schweigezauber, der ihn kein Wort über die Lippen bringen ließ.

Widerwillig folgte er Dana nach draußen, wo sie von einem gutaussehenden Kellner an ihren Tisch geführt wurden. Unter normalen Umständen hätte Anton die Augenbrauen gerunzelt über die offensichtlichen Flirtversuche des jungen Mannes. Heute hatte er keinen Blick dafür. Das wiederum fiel seiner Verlobten auf, wieder ein winziges Detail, das nicht passte. Provokant schüttelte sie ihr blondes Haar zurecht, schenkte dem Kellner ein mehr als freundliches Lächeln und überkreuzte die Beine, wodurch ihr Kleid ein Stückchen nach oben rutschte und dem Kellner einen ausgiebigen Blick auf ihre langen Beine gewährte. Während der arme Kerl bei der Frage nach den Getränken schon ins Stottern kam, warf Dana ihrem Toni einen kurzen, prüfenden Blick zu. Was sie sah, fand sie alles andere als erfreulich. Anstatt zu bemerken, was sie gerade getan hatte, starrte Anton unbeteiligt aufs Wasser, so als wäre der sacht gegen die Bordwand plätschernde Nil das Wichtigste auf der Welt. Dana spürte, dass ihr in Kürze der Kragen platzen würde. Wollte er ihr tatsächlich diesen einmaligen Abend verderben? Na, wenn er es unbedingt so haben wollte, konnte sie nach dem Essen ja auch mit dem Kellner ins Bett hüpfen anstatt mit Anton.

Und noch bevor sie richtig darüber nachgedacht hatte, waren ihr ebendiese Worte schon aus dem Mund gerutscht.

»Toni, also wenn du das Nilwasser so viel spannender findest als das Abendessen mit mir, kannst du gerne den Rest der Nacht dem Geplätscher zuhören. Und ich werde mich in der Zwischenzeit mit Achmed amüsieren.«

Anton schüttelte leicht den Kopf, so als wolle er sich von etwas Unsichtbarem lösen. Endlich wendete er sich seiner Verlobten zu.

»Dana, wenn du das machen willst, okay. Aber wer ist Achmed?«

Dana stockte der Atem bei dieser Antwort.

»Anton, ist das dein Ernst? Das ist dir egal? Ich fasse es nicht, was ist denn nur los mit dir? Und übrigens: Achmed ist unser Kellner, er hat ein großes Namensschild am Revers.«

Wütend warf sie ihre Serviette auf den Tisch, wollte schon aufspringen, überlegte es sich jedoch plötzlich anders. Schließlich saß sie dem Mann gegenüber, den sie liebte, der um ihre Hand angehalten hatte. Und nebenbei: Sie hatte Hunger.

Der nächste Morgen brachte Katzenjammer für Dana mit sich. »Hätte ich mich doch nur mit Achmed getroffen, anstatt allein die Flasche Sekt zu leeren«, fuhr es ihr durch den schmerzenden Kopf. Mechanisch angelte sie in ihrer Handtasche nach einem Aspirin. Erst dann fiel ihr Blick auf das zerwühlte Bett – es war leer. Anton war nicht in der Kabine, auch nicht im Bad. Verwirrt zog sich Dana etwas über und lief hinauf aufs Deck. Die grelle Sonne blendete sie und ließ ihren Schädel noch mehr dröhnen – hoffentlich wirkte das Aspirin schnell! Eine

Viertelstunde lang suchte sie das Schiff nach Toni ab, endlich entdeckte sie ihn. Er stand schon bereit für den Landgang, ungeduldig von einem Fuß auf den anderen tretend. Wieder spürte Dana, wie eine wütende Welle in ihr hochschwappte, aber sie versuchte, sich zu beherrschen. Eilig lief sie auf ihren Verlobten zu.

»Toni, was ist denn los? Ich hab mir Sorgen gemacht, weil ich dich nicht gefunden habe. Warum hast du mich nicht geweckt? Und was ist mit frühstücken?«

Er sah sie kaum an, schaute wie hypnotisiert ans Ufer. Schließlich antwortete er mit abwesender, brüchiger Stimme:

»Der Landausflug. Heute besuchen wir die Pyramiden. Die Stätten der Götter.«

»Toni, hast du Fieber? Geht es dir nicht gut? Du bist so seltsam. Der Ausflug ist erst gegen Mittag, wir haben noch viel Zeit fürs Frühstück. Komm doch mit.«

Dana packte ihn am Arm, aber er schüttelte sie unwillig ab.

»Lass mich! Ich muss zu den Göttern. Ich muss der Erste sein. Ich spüre es.«

Jetzt hatte Dana endgültig die Nase voll. Wütend fauchte sie:

»Dann mach, was'd magst – aber ohne mich! Wenn du wieder normal bist, kannst ja gern zum Frühstück kommen. Falls ich dann noch da bin.«

In ihre Wut mischte sich ein leiser hysterischer Triumph. Sphinxhaft war der letzte Satz gewesen. Nur dumm, dass Anton das offenbar nicht bemerkt hatte. Und reagiert hatte er auch nicht auf ihren Ausbruch. Nun gut, sie würde den Kellner fragen, wann er Feierabend hatte …

Während die frustrierte Dana ausgiebig frühstückte und dabei ebenso ausgiebig mit dem jungen Ägypter flirtete, wartete Anton ungeduldig darauf, dass das Schiff endlich anlegte. Tatsächlich ging er als einer der Ersten von Bord und gebrauchte rücksichtslos seine Ellbogen, um schnell in den bereits wartenden Bus zu gelangen. An Dana hatte er keinen Gedanken mehr verschwendet, alles in ihm war auf die Pyramiden und die Sphinx fokussiert. Als Dana endlich auch den Bus bestiegen hatte, war der Platz neben Anton bereits besetzt, ohne dass er überhaupt bemerkt hatte, wer sich neben ihn gesetzt hatte. Dana dagegen musterte die gutaussehende, offenbar allein reisende Frau mit bitterbösen Blicken.

»Entschuldigung, aber Sie sitzen auf meinem Platz«, zischte sie schließlich, was der Fremden nur ein amüsiert-gelangweiltes Lächeln entlockte.

»Das glaube ich nicht. Ich habe den netten jungen Mann hier neben mir gefragt, ob ich mich setzen darf, und er hat genickt. Suchen Sie sich also einen anderen Platz«, säuselte die Fremde gut gelaunt.

»Ich glaub, es geht los! Schleich dich und lass mich neba mein Verlobten, du dabberte Henna!« Dana konnte durchaus auch anders als höflich, und das war so ein Moment.

Aber wieder hatte sie keinen Erfolg, die Fremde lachte jetzt herzhaft los und schüttelte den Kopf, dass die roten Haare nur so flogen – unter anderem auch in Tonis Gesicht. Immerhin brachte ihn das dazu, aus seiner Versunkenheit zu schrecken und wieder im Hier und jetzt anzukommen. Gerade rechtzeitig, um mitzukriegen, wie Dana nach den roten Locken fasste und energisch daran zog, um die andere vom Sitz zu bringen. Erschrocken mischte er sich ein:

»Dana, was soll denn das? Hast du denn gar keine Manieren? Lass sofort diese Frau in Ruhe!«, fuhr er seine Verlobte an.

Dana starrte zuerst Toni an, dann die Fremde. Sie fühlte sich wie versteinert.

»Sie soll meinen Platz freigeben«, versuchte sie es nochmals, diesmal jedoch wesentlich zaghafter als vorhin.

»Sie war zuerst da. Ihr sind die Götter wohl wichtiger als dir«, antwortete Anton lakonisch. Damit war für ihn der Fall erledigt, er schaute wieder zum Fenster hinaus in die flirrende Hitze, ohne sich um Dana zu kümmern. Die Fremde begann wieder zu lachen und rief:

»Na, Ihr Verlobter scheint ja viel von Ihnen zu halten!«

Dana wurde feuerrot und drehte auf dem Absatz um, nichts wie raus aus dem Bus, weg vom Ort ihrer Demütigung. Schluchzend stolperte sie zurück aufs Schiff und lief dem Kellner Achmed direkt in die Arme. Er hielt sie fest und fragte in gebrochenem Deutsch:

»Was passiert? Jetzt Pyramiden, Sphinx. Sensation. Du nicht hin?«

Dana schüttelte heftig den Kopf.

»Nein, Anton hat eine andere Frau. Ich fahr nicht mit.«

Achmed streichelte ihr tröstend den Rücken. »Nix gut, aber du schon musst Pyramiden. Komm mit mir, ich fahre. Mit Bike.«

Ohne auf ihren Widerstand zu achten, schob er sie wieder an Land und führte sie zu einem Motorrad, das auf einem kleinen Parkplatz abgestellt war.

»Nicht meine Bike, Onkel.«

Widerspruchslos stieg sie hinter ihm auf, ignorierte ihr flaues Gefühl aufgrund der Tatsache, dass es offenbar keine Helmpflicht gab. Immer noch schniefend legte sie die Arme um Achmeds Bauch und schmiegte sich an ihn.

Und los ging es in halsbrecherischem Tempo zu den Pyramiden. Die beiden waren ein gutes Stück vor der Reisegruppe am Ziel, und der Ägypter ließ es sich nicht nehmen, mit einem befreundeten Führer eine Exklusivtour für Dana auszuhandeln. Sie kam aus dem Staunen kaum heraus, und für kurze Zeit war der Ärger mit Anton vergessen.

Achmed erklärte ihr, diesmal auf Englisch, dass er seinen freien Tag hätte und sie gerne zum Essen einladen würde. Als Dana annahm, ging es nicht etwa in ein Restaurant, sondern erneut zu einem »Freund«, der den beiden auftischte. Dass Achmed sie zum Nachtisch küsste, ließ sich Dana gern gefallen.

Dana erwachte von dem steten Brummen des Schiffsmotors, der offenbar gerade angelassen worden war. Automatisch tastete sie neben sich nach Anton und fühlte sich beruhigt, als ihre Hand den neben ihr liegenden Mann ertastete. Alles würde gut werden, alles war nur ein böser Traum gewesen. Sanft strich ihre Hand über seine Brust, und mit einem Schlag erstarrte Dana. Sie hatte Brusthaare gefühlt, und Antons Brust war glatt wie ein Kinderpopo. Sie fuhr hoch, als die Erinnerung wieder einsetzte. Es war Achmed, der neben ihr lag, nicht Anton. Dana erschrak vor sich selbst. Was hatte sie nur getan? Warum hatte sie sich hinreißen lassen, aus verletzter Eitelkeit und aus Wut über Toni mit einem wildfremden Mann in der Kiste zu landen? Hastig suchte sie im Dunkel nach dem Schalter der Nachttischlampe, eilig streifte sie Slip und Trägerkleid über, nahm ihre Sandalen in die Hand und schlich sich aus der engen und spartanisch eingerichteten Kabine des Ägypters. Leise öffnete sie die eigene Kabinentür, aber die Vorsicht wäre gar nicht nötig gewesen, denn die Kabine war leer. Verwirrt setzte Dana sich auf das breite leere Bett und versuchte, ihre Gedanken zu ordnen, die wie kleine Mäuse durch ihren Kopf huschten. Wo war Anton? Bei der Rothaarigen? Oder war er reumütig vom Ausflug zurückgekommen, hatte Dana nicht gefunden und ließ sich jetzt in der Bar volllaufen? Sie hätte sich in den Allerwertesten beißen können über ihre Unvernunft. Alles aufs Spiel zu setzen wegen einer Unstimmigkeit. Aber war es das wirklich? Nur eine Unstimmigkeit? War es nicht eher so, dass Anton ihr vollkommen fremd geworden war in den letzten Tagen? Sie musste ihn suchen, mit ihm reden. Er musste ihr erklären, was mit ihm los war. Hatte er am Ende ein Verhältnis mit der Fremden? War sie ihnen nachgereist, um die Fronten zu klären? Oder hatte er sie erst hier getroffen und sich Knall auf Fall in sie verliebt? Dana beschloss, sofort nach Anton zu suchen. Im ganzen Schiff und zur Not auch in der Kabine der Rothaarigen. Sie würde schon herausfinden, wo die Gute wohnte, wenn es nötig war.

Dana suchte das gesamte Schiff ab, erfolglos. Schließlich wandte sie sich an einen Steward und erklärte ihm, ihr Verlobter sei verschwunden, vielleicht nicht vom Ausflug zurückgekommen (was sie niemals ernsthaft in Erwägung zog, aber trotzdem vorbrachte), vielleicht sogar über Bord gegangen. Dann brachte sie geschickt die Rothaarige ins Spiel und erwähnte, das sei die einzig noch denkbare Alternative, die es abzuchecken galt. Der Steward sträubte sich ein wenig, aber als Dana erneut die Möglichkeit anführte, ihr Verlobter sei ins Wasser gefallen, gab er nach und fragte seine Kollegen nach der Rothaarigen. Tatsächlich konnte eine Putzfrau ihm die Kabinennummer sagen. So kam es, dass die Rothaarige – Sophia Meyer – aus dem Bett geklopft wurde, zu Danas großem Bedauern durfte sie allerdings nicht dabei sein, sondern musste in der Bar warten.

Wenig später war klar: Anton war nicht bei Sophia Meyer, ihres Wissens war er gar nicht mit zurückgekommen. Im Bus hatte sie ihn nicht mehr gesehen. Er war zwischen den Pyramiden herumgelaufen und hatte dabei ununterbrochen vor sich hin gemurmelt, dann hatte sie ihn aus den Augen verloren. Da sie nicht wusste, was er sonst noch vorhatte und ob er vielleicht auf eigene Faust noch in die Stadt gefahren war, hatte sie seine Abwesenheit nicht gemeldet – zumal der Fahrer auch nicht nachgefragt hatte.

Die eilig informierte Polizei fand Anton einige Stunden später bewusstlos im Sand liegend zu Füßen der Sphinx. Als Dana ihn aus dem Krankenhaus abholte, starrte er sie an wie eine Fremde und erklärte ihr, in seinem Leben sei kein Platz mehr für sie, nur für Apophis. Wer das war, warum, wieso, weshalb – das konnte und wollte er ihr nicht sagen. So gesehen war es ein Segen, dass die Reise eh schon zu Ende war und sie am nächsten Tag zurückflogen nach Deutschland.

Schweigend im Flugzeug nebeneinander. Schweigend auf der Bahnfahrt von Nürnberg nach Bayreuth. Schweigender Abschied am Bahnsteig. Und schweigend holte jeder einige Tage später seine Sachen aus der Wohnung des Ex-Partners.

Rückblick - Februar - Anton

Sie riefen ihn. Pausenlos riefen sie nach ihm. Er wusste nicht, wer es war, es war ein stetes Geflüster in seinem Kopf. Viele Stimmen durcheinander, aber allen war gemeinsam, dass sie etwas von ihm wollten. Bei den meisten Stimmen hatte er den Eindruck – auch wenn ihm die Sprache vollkommen fremd war –, dass sie ihm etwas verbieten wollten, ihn von etwas abhalten wollten. Anton wusste nicht, was es war und er wusste auch nicht, wer es war.

Eine Stimme jedoch war anders. Lauter, fordernder, vertrauter. Und diese Stimme sagte ihm ganz genau, was er zu tun hatte. Er musste zu den Pyramiden, zur Sphinx. Schnell hatte das zu geschehen, Anton hatte das zwanghafte Gefühl, er käme zu spät. Also benutzte er rücksichtslos seine Ellbogen, um als Erster im Bus zu sein und auch der Erste, der ausstieg. Eilig lief er auf die Pyramiden zu, aber dann wusste er nicht weiter. Hilflos, ziellos irrte er umher, auf der Suche nach sich selbst, auf der Suche nach Apophis. Der in ihm war und doch auch nicht, der nach ihm rief aus den Tiefen der Höllenwelt.

Schließlich schloss Anton die Augen und ließ sich von der Stimme führen, treiben, bis er an der Stelle angekommen war, zu der Apophis ihn hatte leiten wollen. Es war die Stelle, an der sich vor Tausenden von Jahren der Boden aufgetan hatte, um Apophis zu verschlingen, getötet, bezwungen und verflucht durch Seth, den ewigen Gegner, der doch um keinen Deut besser war als Apophis und der seitdem dessen Platz eingenommen hatte im ewigen Kampf zwischen Gut und Böse.

Es war die Stelle, die einzige Stelle, an der Apophis direkten Kontakt zu seinem Diener aufnehmen konnte. Und als das geschah, sah Anton seinen Auftrag, seinen Lebensinhalt, den einzigen Zweck seines Daseins so klar vor Augen, dass er überwältigt und ohnmächtig zu Boden fiel und für die nächsten Stunden ausgebremst war.

Kapitel Zwei - Sonntag

Wie an jedem Sonntag hatte sich die Eishockeymannschaft von Trainer Jan am Bezirkslehrgut versammelt. Sommertraining stand an, jetzt, wo es kein Eis gab, feilte Jan an der Kondition und den Spurtfähigkeiten seiner Jungs und Mädels. Die konnten sich Besseres vorstellen, als bei gefühlten 27 Grad durch die Gegend zu joggen. Daran änderte auch die Tatsache nichts, dass es im Wald angenehm kühl war. Die Strecke am Trimm-dich-Pfad kannten sie in- und auswendig, und sie war ihnen allen verhasst. Drei große Runden zogen sie jeden Sonntag, da war Jan noch mit dabei. Aber zum Abschluss mussten sie immer zu zweit eine langgezogene, leicht bergauf führende Gerade hinaufspurten, jeder dreimal. Und immer stand Jan am Ende der Strecke, mit kritischem Gesicht, den Kopf schüttelnd, mit den Worten: »Da geht noch was!«

Das Team hatte schlechte Laune, der Trainer sowieso schon seit Monaten – die Stimmung hätte gereizter nicht sein können. Selbst die Tatsache, dass sie jetzt immer am frühen Abend trainierten und nicht mehr vormittags, konnte die Jugendlichen nicht versöhnen. Sie standen missmutig am Fuß der Steigung und warteten darauf, dran zu kommen. Plötzlich platzte Marcella heraus:

»Sagt mal, habt ihr das mitbekommen von Cats Katze? Bagheera?« Die Jungs schüttelten gelangweilt die Köpfe, während Cat – Katharina – leicht errötete. Es war ihr schon immer unangenehm, im Mittelpunkt zu stehen. Marcella dagegen war ganz anders. Burschikos und gerade heraus, oft viel zu undiplomatisch, aber immer grundehrlich sagte sie, was sie dachte. So auch jetzt.

»Baghi ist verschwunden, seit zwei Tagen. Cat und ich haben gestern schon drei Stunden nach ihr gesucht und heute wieder. Wir könnten Unterstützung gebrauchen für morgen. Wie sieht es denn aus bei euch?«

Betretenes Schweigen, keiner schaute Marcella an.

»Na prima! So hab ich mir das gedacht. Ein tolles Team – einer für alle, alle für einen, oder wie war das? Moritz, was ist mit dir?« Der zuckte ratlos mit den Schultern. »Marcella, ich hab keine Zeit. Meine Tante hat morgen ihren Fünfzigsten. Das gibt eine große Feier, und wenn ich da nicht mitgehe, zieht mir meine Mutter die Ohren lang.«

Marcella starrte Moritz wütend an. Seit fast einem Jahr waren die beiden zusammen, was auch immer das bedeutete mit dreizehn Jahren, aber für sie bedeutete es viel. Vor allem Ehrlichkeit. Und dass sie bis zu diesem Augenblick nichts von der Geburtstagsfeier gewusst hatte, ließ für sie nur zwei Möglichkeiten offen: Entweder war die Geschichte gelogen oder Marcella war für Moritz so unwichtig, dass er es nicht für nötig befunden hatte, ihr das zu erzählen. Egal wie man es drehte – es war verletzend.

»Los, komm, Cat – laufen wir hoch!«, forderte sie Katharina auf und drängte sich nach vorne durch. Da keiner der Jungs große Lust auf das Spurttraining hatte, ließen sie den Mädchen bereitwillig den Vortritt. Was zudem den Nebeneffekt hatte, dass Marcella sich an der Steigung austoben konnte, anstatt hier einen Streit vom Zaun zu brechen.

Marcella spurtete wie vom Teufel gejagt und ließ ihre Freundin etliche Meter hinter sich. Jan zog erstaunt die Augenbrauen hoch, als er die Stoppuhr drückte.

»Marcella, was war das denn? So schnell warst du ja noch nie«, entfuhr es ihm. Marcella, die sich keuchend die Seite hielt, lachte freudlos auf. »Ich war ja auch noch nie so wütend«, stieß sie heraus. Cat versuchte, sie zu trösten. »Ärgere dich nicht, es sind Jungs. Ich wäre gar nicht auf die Idee gekommen, sie zu fragen. Uns zu helfen wäre doch uncool.«

Jetzt wollte Jan ganz genau wissen, worum es eigentlich ging. Aber Marcella winkte nur ungehalten ab, sodass Cat ihm kurz erklärte, dass ihre Katze verschwunden war und sie sich Hilfe für die Suche erhofft hatten.

»Wann wollt ihr denn suchen? Morgen Nachmittag? Da kann ich euch leider auch nicht helfen. Aber übermorgen hab ich frei, da könnte ich zwei Stunden lang mitsuchen«, schlug der Trainer vor. Cat lächelte ihn an, und Marcella – undiplomatisch wie immer – bemerkte: »Schön, dass man an dir mal wieder menschliche Seiten entdeckt.« Jan zog die Stirn in Falten. »Was soll das heißen, Marcella?«

»Na ja, du bist schon arg schlecht drauf gewesen in letzter Zeit. Hast du eigentlich mal wieder was von Julia gehört?«

Cat hielt die Luft an. Wie schaffte es Marcella nur immer wieder, punktgenau in jedem erreichbaren Fettnapf zu landen? Es war allen klar, dass Jans schlechte Laune mit der beendeten Beziehung zur Kommissarin zusammenhing. Und ebenso war es jedem klar, dass man tunlichst nicht daran rühren sollte. Auch jetzt verfinsterte sich Jans Gesicht von einer Sekunde zur nächsten.

»Ich wüsste nicht, warum ich was von Julia hören sollte. Und ich wüsste auch nicht, was Julia mit meiner Laune zu tun hat. Wenn ihr wollt, dass ich euch helfe, solltet ihr mich mit Julia in Ruhe lassen. Habt ihr schon bei der Mainwelle nachgefragt?«

Die Mädchen nickten.

»Im Tierheim?«

»Na klar, aber da ist auch nichts. Und bei Tasso haben wir Bagheera vermisst gemeldet, da ist sie registriert.«

»Ihr solltet morgen mal bei allen Tierärzten anrufen. Vielleicht wurde sie verletzt und hingebracht. Und im Stadtbauhof.«

Cat schaute ihn mit großen Augen an. »Warum das denn?«, flüsterte sie.

»Na ja, die sammeln überfahrene Tiere ein«, erklärte Jan brummig. Ihm gefiel das Thema ja auch nicht. Andererseits sollte man doch jede realistische Möglichkeit in Betracht ziehen. Als eine einzelne Träne über Cats Wange rollte, schaute er verlegen weg. Marcella dagegen wurde erneut wütend.

»Jan, du bist echt ein Arsch!«, rief sie empört. Aber Jan wurde überraschenderweise nicht einmal ärgerlich.

»Marcella, ich sage ja nicht, dass sie überfahren wurde. Ich sage nur, ihr solltet nachfragen. Auch wenn so etwas schlimm klingt – es passiert eben immer wieder. Und es ist doch besser, wenn man Bescheid weiß und nicht in endloser Ungewissheit bleibt.«

Marcella nickte zerknirscht. »Stimmt schon, sorry.«

Jan schaute von einer zur anderen, dann brummte er: »Also los, radelt schon mal heim. Ihr seid für heute fertig. Bagheera wird sich schon wieder finden.« Er versuchte ein schiefes Lächeln, und während Cat und Marcella zu ihren Rädern liefen, scheuchte Jan bereits Jonas und Moritz die Steigung hoch. Im Wegfahren war noch sein Schimpfen über die lahmen Enten zu hören. Marcella musste trotz allem kichern.

»Geschieht Moritz recht. So ein Idiot. Soll er doch spurten bis zum Umfallen.«

Cat antwortete nicht.

»Cat? Sei nicht traurig. Du hast Jan gehört. Baghi findet sich wieder. Und weißt du, wer uns helfen wird?«

»Wer denn? Als ob uns noch jemand hilft«, schniefte Cat und trat fester in die Pedale.

»Doch, und wir werden zwei Fliegen mit einer Klappe schlagen. Wir gehen morgen nach der Schule zu Julia. Die hat doch die besten Möglichkeiten, um nach Baghi zu fahnden. Sie wird sie für uns finden, wenn wir das nicht schaffen. Und auf diese Art trifft sie Jan wieder. Vielleicht ist sie ja genauso unglücklich wie er und dann kommen sie wieder zusammen.«

»Marcella, du spinnst! Das klappt niemals!«

»Wart's nur ab! Überleg mal: Du hast deine Baghi wieder, Jan seine Julia und wir unseren gut gelaunten Trainer. Das ist ja manchmal nicht mehr zum Aushalten mit seiner schlechten Laune.« Marcella baute ihre Luftschlösser immer höher, sah sich schon als Brautjungfer auf der Hochzeit, und sogar Cat bekam wieder bessere Laune.

Kapitel Drei - Montag

KHKin Julia Lehmann öffnete schwungvoll die Bürotür und blieb erstaunt auf der Schwelle stehen. Ein junges Mädchen war gerade damit beschäftigt Kaffee aufzubrühen und erschrak über Julias Auftritt derart, dass sie Kaffeepulver verschüttete.

Julia wechselte einen kurzen Blick mit Stefan, der sie angrinste. Was hatte sie denn nun schon wieder verpasst? Seit sie schwanger war, kam es immer mal wieder vor, dass sie Dinge vergaß, einfache Schlussfolgerungen nicht zog oder schlicht und ergreifend abwesend war. Die Hormone waren wohl dafür verantwortlich, aber das ließ Julia nicht als Entschuldigung gelten. Entsprechend unangenehm und ärgerlich fand sie es, wenn ihr wieder mal ein Fehlerchen unterlief.

»Hallo, mit wem haben wir denn hier die Ehre?«, fragte sie daher möglichst diplomatisch.

Das Mädel lief knallrot an und wischte hastig mit der Hand das Kaffeepulver auf dem Tisch zusammen. Erst als sie die Hände an ihrer Jeans abgeklopft hatte, antwortete sie:

»Hallo, ich bin die Lodde Kerner, die neue Praktikandin. Ich hab mer gedacht, ich koch erschd amoll an Kaffee, damit ihr na gleich parad habt, wennder reikommt. Bassd, oder?«

Ein zufriedenes Lächeln glitt über das Gesicht von Stefan Siems, der schon immer leicht mit einem guten Kaffee zu bestechen gewesen war. Auch Julia nickte der Neuen freundlich zu. Genau, letzte Woche war ja eine Mail gekommen, dass sie für acht Wochen eine Anwärterin als Praktikantin zugeteilt bekommen hatten. Das war ihr doch glatt wieder durch die Lappen gegangen.

»Das ist ja nett von dir, Lotte. Der Stefan weiß das auf jeden Fall zu schätzen. Ich trink leider bis auf weiteres keinen Kaffee, ich bin zur Zeit mehr für Früchtetee zu haben. Aber den hab ich immer schon in meiner Thermoskanne. Du willst also auch a Kriminaler werden?«

Lotte nickte eifrig, wobei ihre beachtliche rotbraune Lockenmähne ebenso eifrig mitwippte. »Ja, ich bin scho seid am Dreivärdljahr in der Ausbildung. Und etzad endlich im brakdischn Diensd.«

Das junge Mädchen sprühte regelrecht vor Energie und Lebenslust. Julia und Stefan mussten gar nicht viel nachfragen, und schon wussten sie so ziemlich alles über ihre neue Praktikantin. Sie wohnte in Emtmannsberg – Emdmannsberch – und war bis vor einem Jahr aufs Richard-Wagner-Gymnasium gegangen, das RWG, oder auch (da einstmals nur von höheren Töchtern besucht) von einigen älteren Bayreuthern liebevoll Besenstall genannt. Da Lotte schon immer gerne recherchiert und nachgeforscht hatte (vor allem in ihrer zahlreichen Verwandtschaft gab es wohl das eine oder andere Skandälchen, das sie aufgedeckt hatte), hatte sich für sie nie eine Frage gestellt: Sie wollte zur Kripo – Gribbo – und hatte sich daher für ein Studium bei der Polizei beworben, wo sie auch auf Anhieb genommen wurde. Kein Wunder bei Lottes überdurchschnittlich guten Abiturnoten. Und seit dem letzten Herbst war sie jetzt also dabei. Kein Thema, dass für sie als Praktikumsplatz nur die Kripo Bayreuth in Frage kam. Und obwohl sie nicht daran zu glauben gewagt hätte, hatte es tatsächlich geklappt.

Nebenbei erfuhren Stefan und Julia noch eine Menge Details über Lottes Familie und Verwandtschaft, von der kleinen Schwester Lisa bis hin zu irgendwelchen alten Tanten in Emtmannsberg. Offenbar war die Sippe weit verzweigt, was Lottes genaue Kenntnisse über halb Bayreuth erklärte. Kurz gesagt: Das Mädchen konnte bei den Ermittlungen durchaus von Nutzen sein.

Tatsächlich – Lotte hörte sich Julias Schilderungen über die Grabschändungen aufmerksam an, ließ sich die Akte geben und meinte dann:

»Ich hab an Kusäng, der is Grufti. Also, wenn aaner wos wissn könnd, nocherd der Felix. Ich kümmer mich drum.«

Julia saß an ihrem Schreibtisch, schnupperte den Kaffeeduft und beobachtete das Mädchen wehmütig. Sie konnte sich noch gut an ihre Ausbildung erinnern, ihren Eifer, ihre Pläne – beruflich wie privat. Aber zumindest privat war alles verpufft, was Julia sich jemals ausgemalt hatte. Nein, nicht alles: Immerhin hatte sich ihr sehnlicher Wunsch nach einem Kind erfüllt. Noch ein paar Wochen, dann würde sie ihr kleines Mädchen in den Armen halten dürfen. So Gott will – setzte sie leicht abergläubisch in Gedanken hinzu. Aber sonst? Ihre Ehe war gescheitert, mit ihren Eltern war sie hoffnungslos zerstritten, mit ihrem Bruder und dessen Familie herrschte seit Jahren Funkstille. Ihren Jan, die Liebe ihres Lebens, hatte sie in die Wüste geschickt, nur um selbst fast an dem Verlust zugrunde zu gehen. Enge Freunde hatte sie fast keine. Gut, die Jungs von der Band. Aber mit denen konnte sie auch nicht über alles reden, höchstens noch mit Stefan Siems, der sie kannte wie kein anderer.

Und, wenn sie ehrlich sein wollte, beruflich wusste sie aktuell auch nicht, wie es weitergehen sollte. Sie konnte sich nicht vorstellen, ihr Kind nach wenigen Monaten schon tagsüber in die Kita zu geben und wieder voll zu arbeiten. Aber längere Zeit auszusteigen bedeutete vermutlich auch berufliche Einschränkungen. Ihre Stelle würde wohl irgendwann neu besetzt werden – und dann?

Energisch schob Julia diese trüben Gedanken beiseite und versuchte, sich auf den Fall zu konzentrieren. Pfff – ein Fall, der eigentlich keiner war. Ein jämmerlicher Fall. Ein Keinfall. Ein Reinfall. Schon wieder negative Gedanken. Sie schnaufte tief durch, nahm noch eine Nase voll Kaffeeduft und einen Schluck Tee und begann, im Internet zu surfen. Diese Symbole mussten doch zu finden sein.

Tatsächlich dauerte es nicht allzu lange, bis sie fündig wurde.

»Stefan, schau mal! Ach, Entschuldigung, Lotte – du auch! Ich hab was ganz Verrücktes gefunden. Das klingt doch eher nach John Sinclair als nach Gruftis, würde ich sagen.«

Ihre Kollegen kamen näher.

»John Sinclair? Wer ist das denn?«, fragte Lotte irritiert.

Julia und Stefan mussten lachen.

»Ach Kind, das war wohl vor deiner Zeit. Das ist ein Geisterjäger aus London, weißt du, diese Hefte, die jede Woche im Bastei Verlag erscheinen. Die lest ihr vermutlich nicht, aber wir haben die in unserer Jugend verschlungen«, erklärte Stefan.

Lotte zog einen Schmollmund, weil er sie als Kind bezeichnet hatte, aber sie wagte es nicht, gleich am ersten Tag eine Diskussion deswegen anzufangen. Sollte sich das häufen, würde sie ihren Mund jedoch nicht halten können – alles andere wäre bei dem jungen Springinsfeld ein Wunder.

»Also, was bedeuten diese Symbole?«, wollte sie stattdessen von Julia wissen. Die drehte mit einem triumphierenden Lächeln den Bildschirm so, dass die beiden eine gute Sicht hatten.

»Schaut her, das muss es sein. Diese Symbole sind offenbar ägyptische Hieroglyphen, seht ihr? Hier haben wir es: Oben der querliegende Baseballschläger, darunter zwei Rechtecke und rechts davon die Schlange – das ist der Gott Apophis, ein Schlangengott und ein Dämon der Finsternis.«

»Apophis? Denn kenne ich!«, rief Lotte überrascht. »Schaut ihr Stargate? Die Serie? Da spielt auch ein Apophis mit. Ist es nicht wahrscheinlicher, dass irgendwelche freakigen Stargate-Fans sich am Friedhof treffen, als alte Ägypter?«, warf sie ein.

Während Julia keine Ahnung hatte, wovon Lotte redete, konterte Stefan sofort:

»Aber das Ganze mit den geopferten Tieren sieht mir doch schon nach einem Opfer- oder Beschwörungsritus aus. Und warum sollte man einen Goa'uld beschwören wollen? Das macht für mich keinen Sinn. Der käme doch, wenn, dann durchs Sternentor und würde woanders gar nicht mitbekommen, dass eine Beschwörung stattfindet.«

»Ach, aber einen alten ägyptischen Gott am Bayreuther Friedhof beschwören zu wollen, das macht Sinn?«, grummelte Lotte.

Julia stoppte die Debatte kurzerhand. »Worum geht es denn überhaupt? Was zum Geier ist ein Goa'uld?«

Die beiden lächelten, plötzlich vereint im Bestreben, Julia aufzuklären.

»Goa'ulds sind mächtige Wesen, die durch ein Sternentor auf die Erde gekommen sind. Und von den alten Ägyptern für Götter gehalten wurden. Die immer mal wieder auftauchen, um die Erde zu unterwerfen. Das ist die Kurzfassung.«

Julia seufzte. Das klang mehr als wirr. Aber auszuschließen war in diesem Fall ja leider überhaupt nichts. Und somit mussten sie wohl jeder noch so absurden Spur nachgehen.

»Okay. Stefan, du wirst versuchen, ob du etwas über eine Stargate-Fanszene hier in der Gegend herausfinden kannst. Lotte, du fragst deinen Cousin, ob er was über nächtliche Rituale auf dem Friedhof weiß. Und ich werde mich schlaumachen, wie viele Ägypten-Experten eigentlich hier in der Gegend wohnen und was die so über Apophis erzählen. Einverstanden?«

Stefan und Lotte nickten – die Praktikantin war somit offiziell ins Team aufgenommen.

Wenig später herrschte rege Betriebsamkeit im Büro, als unerwartet Staatsanwalt Strasser hereinkam.

»Grüß Gott, ich wollte es mir doch nicht nehmen lassen, unseren Nachwuchs persönlich zu begrüßen. Sie sind also Frau Kerner?«, schnarrte er.

Julia verbiss sich ein Grinsen – sie hätte wetten mögen, dass Strassers Weltbild die Praktikantin mit einem Fräulein Kerner verband und nicht mit Frau Kerner. So konnte man sich also täuschen! Dass er persönlich vorbeikam, war allerdings eine nette Geste. Er konnte ja durchaus freundlich sein, auch wenn Julia sich regelmäßig mit ihm kabbelte. Strasser hatte eben eine sehr spezielle Vorstellung davon, wie und wann ein Fall gelöst zu sein hatte: nämlich am besten, bevor die Tat begangen wurde.

»Woran arbeiten Sie denn alle so fleißig?«, hakte er neugierig ein. Ihm war nicht bekannt, dass ein Fall vorlag, der in die Zuständigkeit der Mordkommission fallen könnte. Außerdem wollte er die werdende Mutter möglichst aus allen prekären Situationen heraushalten. Es war ihm eh schleierhaft, warum Julia sich nicht auf den Innendienst beschränken wollte und sogar schon angekündigt hatte, auf den Mutterschutz vor der Geburt verzichten zu wollen, so lange es ihr gut ging. Aber diese Frau war ja schon immer extrem stur gewesen, was ihre Ansichten betraf – da redete man lieber gegen eine Wand. Und wer wusste schon, was sie jetzt wieder trieb, ohne dass er informiert wurde?

»Lieber Herr Strasser, ich kann Sie beruhigen. Wir verfolgen keineswegs mordend herumschwadronierende Banden, sondern wir sind über den Fällen von Grabschändung, die sich leider mittlerweile häufen. Ich hoffe, das ist erlaubt?«

Aha – da war er zumindest ansatzweise wieder, der alte Kampfgeist seiner Kollegin. Strasser setzte seine ganze Hoffnung darauf, dass Julia nach der Geburt ihres Kindes zahmer würde. Die ständigen Reibereien mit ihr waren zwar ab und zu durchaus unterhaltsam, aber im Großen und Ganzen kostete es doch viel unnötige Energie.

Diesmal beschränkte er sich auf eine Grimasse, als hätte er in eine Zitrone gebissen, und den Kommentar: »Tun Sie, was Sie nicht lassen können, Frau Lehmann. Es liegt ja aktuell nichts Wichtigeres vor, da können Sie ihre neue Mitarbeiterin gerne auf diese Art einarbeiten. Polizeiarbeit ist Recherche. Kombiniert mit Recherche. Und dazu noch ein Quantum Recherche. Als Sahnehäubchen gibt es dann vielleicht ein Prozent Außendienst. Aber das hat es dann oft in sich. Das muss Frau Kerner auch lernen. Kann desillusionierend sein, muss es aber nicht. Schönen Tag noch!«

Damit drehte er auf dem Absatz um und war schon wieder auf dem Flur. Kurz war noch das Klappern seiner Absätze zu hören (Julia fragte sich ab und zu, ob er wohl

Stepptänzer war, denn so hörte es sich manchmal an), dann fiel die Tür zu und sie waren wieder unter sich.

Julia musste über Lottes ratloses Gesicht lachen. »Das war Staatsanwalt Strasser, unser Bonsai. Lass ihn niemals – hörst du? Niemals! – diesen Namen erfahren, sonst sind wir alle tot. Und lass dich außerdem niemals von seinen Wutanfällen beeindrucken. Ihm geht es nie schnell genug mit unserer Arbeit und das bringt ihn regelmäßig zum Toben. Vermutlich tut es ihm hinterher wieder leid, aber er schafft es selten, das zuzugeben.«

Sie angelte sich das Telefon und wählte die Nummer der Universität. Nachdem im Sprachzentrum Arabisch als Fremdsprache angeboten wurde, hoffte sie, dort jemanden zu erreichen, der ihr zumindest weiterhelfen und Tipps geben konnte, an wen sie sich am besten wenden sollte in Bezug auf altägyptische Gottheiten. Vielleicht hatte sie sich ja wirklich in etwas verrannt, aber auch wenn nur Hühner gemeuchelt wurden – sie wollte den oder die Täter finden. Wirklichen Erfolg hatte sie allerdings nicht. Die wenigen Namen, die ihr genannt wurden, führten entweder zu Leuten, die nicht wirklich firm waren in ägyptischer Mythologie, oder zu Leuten, die gerade nicht ans Telefon gingen.

Dafür klopfte es energisch an die Bürotür, und zu Julias großer Überraschung kamen die beiden Eishockeymädels Marcella und Katharina herein. Ein kurzes Leuchten fuhr über Julias Gesicht, als sie die beiden erkannte. Dann allerdings dachte sie an Jan, und ihre Freude fiel in sich zusammen. Trotzdem begrüßte sie die Mädchen freundlich, wobei sie darauf bedacht war, dass sie hinter ihrem Schreibtisch sitzen blieb und ihren runden Bauch möglichst nicht zeigte.

»Marcella, Cat! Das ist ja schön, dass ihr mal vorbeischaut. Wie geht es euch denn?«, wollte Julia wissen. Stefan schaute ebenfalls hoch und nickte den beiden zu. Dass Julia durch diesen Besuch gestresst sein würde, war gar keine Frage, und so spitzte er genau die Ohren, um zu erfahren, was da im Busch war. Einzig Lotte war völlig unbedarft und vertiefte sich sofort wieder in ihre PC-Recherche über Gruftis.

Weil Cat schüchtern stehenblieb, wurde sie von Marcella kurzerhand in Julias Richtung geschoben. Es war auch Marcella, die alles erklärte.

»Julia, Cats Katze ist verschwunden. Wir haben schon so lange gesucht, haben im Tierheim angerufen und bei der Mainwelle, heute bei allen möglichen Tierärzten und sogar beim Stadtbauhof, ob die vielleicht eine überfahrene Katze gefunden haben. Keiner hat Baghi gesehen. Sie kann doch nicht vom Erdboden verschluckt sein. Und da ist uns eingefallen, dass du ja bestimmt Erfahrung damit hast, jemanden aufzustöbern. Bitte, kannst du uns helfen? So mit fünf Polizisten oder so?«

Julia musste lächeln. Ihr Kater Leo stand ihr kurz vor Augen. Wenn der plötzlich verschwunden wäre, dann würde sie ihn auch überall suchen.

»Mädels, ich helfe euch gerne. Aber nur inoffiziell. Ich kann keine Beamten losschicken, damit sie eine Katze suchen – es sei denn, die Katze wäre nachweislich in Lebensgefahr. Aber ich kann ein wenig herumtelefonieren, vielleicht hat einer der Kollegen draußen was bemerkt. Wie sieht Baghi denn aus?«

Cat zückte ihr Handy und zeigte Julia ein Foto, auf dem eine kohlrabenschwarze Katze mit einem winzig kleinen weißen Brustfleck zu sehen war. Als Julia das Bild sah, zuckte sie unmerklich zurück. Hoffentlich blieben diese Friedhofsspinner bei schwarzen Hähnen, sonst waren Katzen wie Baghi tatsächlich in Gefahr.

»Cat, kannst du mir bitte das Foto schicken? Dann höre ich mich mal um.«

Während Cat nickte, klinkte Marcella sich wieder ein. »Julia, kannst du nicht morgen nach Feierabend mit suchen? Die Jungs machen nicht mit, und nur wir und Jan schaffen das nicht alleine. Wir können jede Hilfe gebrauchen.«

Jetzt erstarrte Julia endgültig. »Ihr und Jan? Nein, ich kann da leider nicht. Stefan, Lotte, wie schaut es denn bei euch aus?«, lenkte Julia schnell ab.

Lotte sah erstaunt hoch, sie hatte nicht damit gerechnet, einbezogen zu werden. »Ähm, wo wäre das denn und wie lange? Versprechen kann ich aber noch gar nichts.«

Marcella nickte zerknirscht – ihr ganzer schöner Plan ging gerade den Bach runter. Julia war es, die dabei sein sollte.

»Wir treffen uns schon um halb drei und suchen dann, so lange wir können. Also mindestens bis um sechs. Treffpunkt ist die Musikschule, Cat wohnt da gleich um die Ecke.«

Stefan schüttelte energisch den Kopf. »Tut mir leid, aber ich hab meinen Jungs versprochen, dass wir morgen nach Feierabend nach Obernsees in die Therme fahren. Vielleicht ein andermal?«

Cat wollte schon zur Tür, aber Marcella ließ nicht so leicht locker. »Julia, warum kannst du denn nicht? Bitte, komm doch mit!« Einen Teufel werde ich tun, schoss es Julia durch den Kopf. Aber das sagte sie natürlich nicht.

»Mir geht es im Moment nicht so gut, mein Kreislauf spinnt bei dem Wetter. Da ist es keine gute Idee, wenn ich mitsuche. Am Ende kippe ich dabei noch um. Aber ich verspreche euch, dass ich mich umhöre, okay? Cat, hast du meine Handynummer noch?« Cat musste grinsen. »Klar, noch von Halloween. Erinnerst du dich an unsere Party?«

Auch Julia grinste jetzt. Als ob sie das vergessen könnte! »Oh ja – der Abend der tausend Schrecken. Und dann war es eher der Abend der tausend Süßigkeiten. Ich hatte viel zu viele Marshmallows, meine Güte, war mir schlecht.«

Sie hatte gemeinsam mit dem Eishockeyteam alles vorbereitet, es war ein lustiger Abend gewesen. Julia als Hexe verkleidet, Jan als Mumie, die Kids querbeet zwischen Vampir und Kostüme sind uncool. Hinterher hatte Jan sie heimgefahren, hatte bei ihr übernachtet, der Abend hatte geendet wie die meisten ihrer gemeinsamen –

Auf einmal hatte sie es eilig, die Mädchen loszuwerden. Die Erinnerung schmerzte wie eine pochende Wunde, und Julia war sich sicher: Sie würde den ganzen Tag weiterschmerzen.

»Lotte, bist du so lieb und bringst die beiden zum Ausgang? Ciao Mädels, ich werde mein Bestes geben für Baghi.«

Lotte schob die Mädchen zur Tür hinaus und lief mit ihnen die Treppe hinunter. Cat machte einen nachdenklichen Eindruck, Marcella dagegen fragte Lotte rundheraus:

»Was ist denn los mit Julia? Sie hat gar nicht so ausgesehen, als ob es ihr schlecht geht. Hat sie echt solche Kreislaufprobleme oder hat sie uns angeschwindelt?« Lotte drehte sich erstaunt zu Marcella um. Was das Mädchen für Ideen hatte!

»Nein, angeschwindelt hat sie euch sicher nicht. Und dass sie in ihrem Zustand Kreislaufprobleme hat, wundert mich nicht.«

»Wie, in ihrem Zustand?«

Lotte grinste. »Ach, wisst ihr das nicht? Na, sehen konntet ihr es ja schlecht, weil sie hinter ihrem Schreibtisch versteckt war. Julia ist doch schwanger.«

Marcella und Cat blieben abrupt stehen, so als wären sie gegen eine unsichtbare Wand gelaufen. Sie tauschten einen fassungslosen Blickwechsel, bevor es diesmal Cat war, die den Mund aufmachte:

»Und seit wann? Also dass sie schwanger ist …«

»Tja, wisst ihr, ich bin heute den ersten Tag hier, das weiß ich auch nicht so genau. Aber ein paar Wochen wird es bestimmt noch dauern, bis ihr Baby kommt.«

»Und von wem ist es? Von Jan?«

Lotte schüttelte unwillig ihre Lockenmähne. »Woher soll ich denn das alles wissen? Ich sag doch: Ich bin heute den ersten Tag hier.«

Marcella hielt Lotte ihr Handy entgegen. »Hier hast du meine Nummer. Sag uns bitte Bescheid, sobald du mehr weißt.«

»Na klar, mache ich. Versprochen.« – mit Sicherheit NICHT, dachte Lotte bei sich, während sie Marcellas Handynummer eintippte. Sie entließ die beiden in den strahlenden Sommernachmittag und ging gedankenverloren zurück ins Büro. Warum waren Cat und Marcella so aufgeregt gewesen, als sie von der Schwangerschaft erfuhren? Und wer zum Geier war Jan?

Als Lotte die Bürotür öffnete, bot sich ihr ein völlig überraschendes Bild. Julia saß immer noch an ihrem Schreibtisch, jedoch völlig aufgelöst. Tränen liefen ihr über die Wangen, die sie zwischendurch abtupfte, sie schluchzte gotteserbärmlich. Stefan war neben sie getreten und klopfte ihr unbeholfen auf die Schulter. Er war sichtlich erleichtert, als Lotte wieder hereinkam, und machte ihr

43

sofort ein Zeichen, dass sie seinen Platz einnehmen sollte. Das ließ sich die junge Praktikantin nicht zweimal sagen. Vielleicht konnte sie ja hier und jetzt schon etwas herausfinden über den geheimnisvollen Jan und darüber, warum der Besuch der beiden Mädchen Julia derartig aus der Fassung gebracht hatte. Sie schnappte sich einen Rollhocker, rollte ganz nah an Julia heran und nahm sie kurzerhand in die Arme. Die Kommissarin war so aufgelöst, dass sie das einfach geschehen ließ. Mehr noch: Sie ließ sich gerne trösten. Sie heulte noch ein paar Minuten in ihr Taschentuch, dann beruhigte Julia sich wieder, schnaufte tief durch und löste sich aus Lottes Umarmung. »Bassd scho widder, Lodde. Danke.«

Lotte lächelte sie an, und Julia gelang ein schiefes, verlegenes Grinsen.

»Chefin, was ist denn los?«, fragte Lotte leise.

Aber Julia schüttelte nur den Kopf. »Nichts weiter. Die Hormone. Sonst nichts. Tut mir leid.«

»Echt nur die Hormone?«, wollte Lotte wissen, aber Julia gab ihr keine Antwort mehr.

Kapitel Vier - Montag Abend

Julia genoss die Heimfahrt. Sie war froh um jeden Schönwettertag, an dem sie das Fahrrad nehmen konnte. Das war die kleine Auszeit, die ihr guttat: vorbei am Röhrensee, quer durch den Studentenwald und schließlich den Südlichen Ringweg hoch bis zu ihrer Wohnung. Oder aber – so wie heute – in Richtung Forkendorf bis zum Südfriedhof, dann von hinten in die Siedlung einbiegend, vorbei am kleinen Engelbrechtsweiher und dann gleich das Rad in die Garage stellen.

Es ging nicht mehr so schnell wie vor ihrer Schwangerschaft, aber sie liebte es trotzdem, sich ein wenig zu bewegen. Der extrem sportliche Typ war sie eh nicht, da reichte die verhältnismäßig kurze Strecke zum Feierabendauftakt voll und ganz. Es war angenehm warm, nicht zu heiß, Grillen zirpten am Straßenrand. Es würde noch dauern, bis die Sonne hinter dem Wald verschwunden sein würde, Julia konnte sich noch gemütlich in den Garten setzen und den Sommerabend genießen. Auch später würde es noch warm genug sein, mit Leo auf den Beinen, um im Dämmerlicht auf der Terrasse leise Musik zu hören. Sie freute sich darauf, das hatte sie sich verdient nach dem heutigen Kummer um Jan. Immer noch war ihr flau im Magen bei dem Gedanken an Marcella und Cat. Zu viel war aufgewühlt worden durch deren Besuch. Energisch schob sie die trüben Überlegungen zur Seite, stellte ihr Rad in die Garage und lief um das Reihenhaus herum zur Haustür, wo sie bereits von Kater Leo erwartet wurde. Wie fast immer maunzte er ungeduldig, während er um

Julias Beine strich. Und wie immer musste sie lächeln, streichelte den Dickwanst und ließ ihn ins Haus, um ihm seine abendliche Dose zu servieren.

»Leo, wo frisst du das nur alles hin – dein Bauch ist ja viel dicker als meiner«, lachte sie, als er das Nassfutter gierig in sich hineinschlang. »Aber ich will mal solidarisch sein und auch was essen«, überlegte die Kommissarin. Sie schmierte sich drei Brote, holte ein Weinglas aus dem Schrank und eine Packung Traubensaft aus dem Kühlschrank. »Gruselig, so ganz ohne Stil!« Mit diesen Worten füllte sie den Saft in eine schlichte Glaskaraffe um, holte ein Kühlpack aus dem Gefrierfach und wanderte mit ihrer Rundumverpflegung durchs Wohnzimmer in den Garten. Aufatmend ließ sie sich auf den Gartenstuhl fallen und verspeiste ihr Abendessen, zwar wesentlich langsamer als Kater Leo seines, aber nicht weniger genießerisch.

Musik fehlte noch – das ließ sich schnell ändern. Norah Jones kam ihr passend vor, auch wenn der Kopf sagte, dass etwas weniger Melancholisches sinnvoller wäre. Schließlich siegte die Vernunft und Julia ließ einfach Radio Mainwelle dudeln. Noch kurz nach oben in ihr Schlafzimmer und bequeme Sachen angezogen; das weite Strandkleid, das sie vom letzten Italienurlaub mitgebracht hatte, schien ihr heute sehr gemütlich. Zurück im Garten legte sie die Lehne ihres Stuhls ein wenig nach hinten, nippte an ihrem Saft und stellte die Karaffe auf den Kühlakku. Leo kam satt und zufrieden aus der Küche getrabt und sprang auf ihren Schoß, wo er sich schnurrend zusammenrollte. Kommissarin Julia Lehmann schloss entspannt die Augen und döste ein.

Ein leiser Pfiff weckte sie auf, die Tonfolge erinnerte sie an alte Zeiten. Verwirrt schaute sie sich um, Leo zuckte nur kurz mit den Ohren und ließ sich ansonsten nicht stören.

Julia konnte nichts erkennen, der Schmetterlingsflieder erfüllte ihren Garten nicht nur mit seinem Vanilleduft, sondern auch mit einem meistens sehr praktischen Sichtschutz. In diesem Fall eher unpraktisch, denn er wirkte nach beiden Seiten gleichermaßen.

Immer noch irritiert rief Julia gedämpft: »Hallo? Ist da jemand?«

Amüsiertes Lachen antwortete ihr. »Hi Juli, darf ich reinkommen?«

Sie schnappte nach Luft. »Bernd? Was machst du denn hier?«

Das Gartentürchen quietschte in den Angeln, und nur Sekunden später kam Julias Exmann mit beschwingten Schritten auf sie zu.

»Juli! Wie schön, dich zu sehen!«

Theatralisch breitete Bernd die Arme aus, was Julia dazu veranlasste, unwillkürlich zurückzuzucken und sich an die Rückenlehne ihres Gartenstuhls zu drücken. Sie konnte die offensichtlich geheuchelte Wiedersehensfreude ihres Ex nicht im Geringsten teilen.

»Was willst du denn hier in Bayreuth? Ist etwas mit meinen Eltern passiert?« Noch während Julia diese Frage aussprach, ging ihr auf, wie idiotisch sie war. Wäre ihren Eltern etwas passiert, dann hätten die wohl kaum ausgerechnet Bernd zu Julia geschickt. Aber der Zusammenhang war nicht wirklich absurd. Nur zu genau erinnerte sie sich an das letzte Zusammentreffen mit ihren Eltern und die damit einher gekommenen Kuppelversuche. Julias Mutter würde vermutlich niemals die Hoffnung aufgeben, ihren Schwiegersohn zurückzubekommen. Noch dazu, nachdem Bernd wohl seit einigen Monaten wieder solo war.

»Nein, mit deinen Eltern ist alles okay. Ich war letztes Wochenende mal wieder zu Mittagessen eingeladen, Rouladen und Klöße hat es gegeben. Muttchen weiß halt immer noch, was mir schmeckt«, lachte Bernd. Julia versteifte sich unwillkürlich bei dem Wort Muttchen. Das war ihre Mutter nicht, erstens kein Muttchen und zweitens schon gar nicht das von Bernd. Aber er bemerkte ihre Reaktion überhaupt nicht, sondern erzählte munter weiter.

»Und da kam das Gespräch natürlich wieder auf uns beide. Sie hat mich schon so oft bequatscht, weil ich dich doch mal besuchen soll, dass ich aus der Nummer diesmal nicht rausgekommen bin – zumal ich droben in Hof zu tun hatte und du ja quasi direkt auf dem Weg liegst«, schwadronierte Bernd weiter. Julia verzog gequält das Gesicht.

»Ich liege auf dem Weg? Nein danke – ich bin kein gefallenes Mädchen«, fauchte sie, aber Bernd nahm ihre Hand und änderte den Tonfall von belangloser Plauderei in überraschende Ernsthaftigkeit.

»Juli, ich bin nicht hier, um dich zu ärgern oder um mit dir zu streiten. Ich wollte einfach mal vorbeischauen und Hallo sagen, sonst nichts. Wenn ich dich nerve, gehe ich wieder.«

Schon wollte er tatsächlich wieder zur Gartentür gehen – oder war das eine Inszenierung, damit sie nachgab? Julia wusste es nicht. Sie war nicht begeistert über den abendlichen Störenfried, aber sie beschloss, gute Miene zum bösen Spiel zu machen. Daher nickte sie ihm zu und zeigte auf den zweiten Gartenstuhl. »Okay, setz dich doch. Polster sind da drüben in der Truhe.«

Ein freudiges Lächeln huschte über Bernds Gesicht, und er zog den Stuhl näher an den Tisch. Als er das Polster aufgelegt hatte, deutete er auf die Karaffe und fragte:

»Bekomme ich auch einen Schluck, oder willst du mich verdursten lassen?«

Ein kleines Teufelchen ritt Julia, sie verbiss sich ein Grinsen und stand auf, um ein zweites Weinglas zu holen. Sinnend blickte er ihr nach. Sie war immer noch hübsch wie früher, nur schien sie ihm etwas aus den Fugen gegangen zu sein. Oder war es dieses geschmacklose Strandkleid, das ihre Figur so unvorteilhaft zur Geltung kommen ließ? Wie auch immer, er würde sie nicht darauf ansprechen, er wollte tatsächlich Burgfrieden und keinen Zickenkrieg.

Daher verbiss er sich jede Bemerkung, als Julia kurz darauf zurückkam, in der einen Hand ein Weinglas haltend, in der anderen eine Schüssel mit Chips. Mit ungewohnt sanftem Lächeln stellte sie ihm das Glas hin und schenkte ein. Versonnen hielt sie ihr eigenes Glas ins Licht, schwenkte die rubinrote Flüssigkeit, nickte ihrem Exmann zu und trank einen Schluck, ohne Bernd dabei aus den Augen zu lassen. Er hob sein Glas, setzte an, doch im letzten Moment ließ er seine Hand wieder sinken und meinte nachdenklich:

»Juli, ist das nicht seltsam? Irgendwie erinnert es an früher, und trotzdem so anders.«

»Na ja, die Zeit lässt sich nicht zurückdrehen, aber wer weiß schon, wofür das gut ist?«, sinnierte die Kommissarin, erneut das Glas hebend, ein sphinxhaftes Lächeln auf den Lippen. Jetzt endlich tat Bernd ihr den Gefallen und trank ebenfalls einen Schluck. Verschluckte sich daran, hustete, stellte sein Glas hastig ab, zu hastig. Ein Teil des Inhalts schwappte dabei über und verteilte sich auf dem kleinen Gartentisch. Julia konnte sich jetzt nicht mehr beherrschen und lachte lauthals los.

»Danke, mein Lieber. Du hast meinen Abend gerettet«, kicherte sie, wobei sie Bernd auf den Rücken klopfte, bis der seinen Hustenanfall überwunden hatte.

»Juli, spinnst du? Was zum Geier hast du mir da eingeschenkt?«, keuchte er schließlich verärgert.

»Na, du hast doch gesagt, du willst auch was davon. Traubensaft. Roter Traubensaft. Ziemlich gesund, also freu dich.«

Sie kicherte immer noch vor sich hin, aber Bernd konnte ihre Erheiterung nicht teilen.

»Früher hattest du mehr Stil, muss ich dir leider sagen. Da hattest du edle Weine im Glas und keinen schnöden Saft«, knurrte er beleidigt, aber Julia legte ihm beschwichtigend die Hand auf den Arm.

»Früher war ich auch nicht schwanger, Bernd. Da war es mir egal, ob ich Alkohol trinke. Die Dinge ändern sich.«

Bernd starrte sie an. Taxierte ihren Bauch, schüttelte den Kopf. Und jetzt war er es, der laut zu lachen begann.

»Ach deswegen! Ich hab mich vorhin schon gefragt, warum du dieses unvorteilhafte Kleid anhast, warum du so zugelegt hast! Ich wollte nur nichts sagen.« Es dauerte noch einen Moment, bis er die komplette Tragweite der Information verarbeitet hatte.

»Wie – schwanger? Ich dachte, du … « Bernd verstummte, wollte nicht aussprechen, worunter ihre Ehe so sehr gelitten hatte – schon lange, bevor er sich mit seiner Sekretärin eingelassen hatte. Und dass diese relativ schnell schwanger geworden war, hatte für ihn immer nur den Schluss zugelassen, dass ihre Kinderlosigkeit an Julia gelegen hatte. Er selbst hatte sich immer geweigert, zum Arzt zu gehen. Und ihren Beteuerungen, dass ihr Frauenarzt nichts hatte finden können, hatte er wenig Glauben geschenkt. Im Gegenteil, er hatte Julia immer erklärt, dass der Arzt offensichtlich etwas übersehen haben musste. Und sie hatte es so oft von ihm gehört, bis sie es selbst geglaubt hatte. Nur aus diesem Grund war sie derart überzeugt davon gewesen, keine Kinder bekommen zu können.

Jetzt wusste sie es besser.

»Tja, mein Lieber. Es hat nie an mir gelegen, es war einfach die Kombination von uns beiden, darum hat es nicht geklappt. Die Natur ist wohl doch schlauer, als man denkt«, erklärte Julia, ohne sich im Geringsten darum zu bemühen, die Ironie in ihrer Stimme zu verbergen. Zu lange hatte sie unter seinen unterschwelligen Vorwürfen gelitten. Als wäre der unerfüllte Kinderwunsch an sich nicht schon schlimm genug gewesen. Egal, das Thema sollte eigentlich abgehakt sein. Sie nahm noch einen Schluck Traubensaft und lehnte sich gemütlich in ihrem Stuhl zurück. Zumindest war es interessant, Bernds Gesichtsausdruck zu beobachten. Allein dafür hatte sich sein Überfall hier gelohnt.

»Und der Vater? Ist das der Kerl, von dem deine Mutter erzählt hat?«, fragte Bernd nach. Julia zog verärgert die Brauen hoch. Das war ja wieder typisch für ihre Mutter – es war ja auch allzu offensichtlich gewesen, wie sehr sie Julias Beziehung zu Jan missbilligte. Wie konnten die beiden es wagen, wo doch Berndy wieder solo war!

»Jan ist kein Kerl. Aber meiner Mutter kann es ja eh keiner recht machen außer dir.« Sie bemühte sich aufrichtig darum, kein Fauchen in ihre Stimme zu legen. Mochte man Bernd ankreiden, was immer man wollte – daran war er jetzt wirklich nicht schuld.

»Jan also. Und wo ist er, dein Jan? Noch auf der Arbeit? Werde ich ihn zu Gesicht bekommen?«

Klang da so etwas wie Frust mit, oder gar Eifersucht? Hoffentlich nicht. Das Letzte, was Julia jetzt wollte, war neuer Ärger mit Bernd. Das Thema war abgehakt, und sie hatte nicht vor, die alte Geschichte wieder aufzuwärmen. Sie überlegte, was sie Bernd am besten antworten könnte, aber beim Gedanken an Jan schossen ihr plötzlich Tränen in die Augen. Das Treffen mit den Eishockeymädels heute hatte einfach zu viel in ihr aufgewühlt. So sehr Julia sich auch bemühte, sich nichts anmerken zu lassen, musste sie doch nach einem Taschentuch suchen. Bernd zückte ein Päckchen Tempo und starrte sie irritiert an.

»Juli – was ist denn los? Raus damit!«

Sie schüttelte den Kopf und begann richtig zu heulen, was ihn noch mehr verunsicherte. Er drückte unbeholfen Julias Hand und hielt ihr immer wieder neue Taschentücher hin, bis sie sich endlich wieder beruhigte. Das Päckchen war mittlerweile fast leer, auf dem Tisch lagen etliche zerknüllte Tempos herum, Julia schniefte und seufzte nur noch leise.

»Magst du mir jetzt sagen, was los ist?«, hakte Bernd jetzt nochmal nach. Und diesmal hatte er Erfolg. Julia erzählte ihm die ganze Geschichte. Von ihrer ungeplanten Schwangerschaft, davon, dass Jan keine Kinder wollte. Dass sie mit ihm Schluss gemacht hatte, damit er sich zu nichts verpflichtet fühlen sollte.

»Ist das nicht Ironie des Schicksals?«, wollte sie wissen. »Mit uns ging es auseinander, weil du ein Kind bekommen hast. Und mit ihm, weil ich ein Kind bekomme. Verrückt, oder?«

Bernd sah sie an, ratlos, hilflos, überrollt von so vielen neuen Informationen. Überlegte sich seine Worte gut, als er ihr endlich antwortete.

»Juli, hast du jemals daran gedacht, dass er das vielleicht nur gesagt hat, um dich zu trösten? Weil er gesehen hat, wie sehr du leidest, dass sich dein Kinderwunsch nicht erfüllt, und weil er nicht wollte, dass du auch noch darunter leidest, ihm kein Kind schenken zu können? Oder dass er vielleicht schon ganz gern Vater werden würde, aber nicht unbedingt? Und dass er deswegen so geredet hat, damit er dich nicht zusätzlich unter Druck setzt? Weißt du, was ich meine?«

Doch seine Exfrau schüttelte nur resigniert den Kopf. »Du hast ihn nicht gehört. Ich glaube nicht, dass das nur so dahingesagt war. Er hätte die Verantwortung nicht gewollt. Und wenn ich es ihm gesagt hätte, dann hätte er sich verpflichtet gefühlt zu einem Leben, das er nicht so geplant hatte.«

»Ach Juli, wann läuft das Leben denn schon so wie geplant?«

Sie saßen noch lange im Garten. Julia erzählte Bernd die ganze Geschichte von dem Mord im Eisstadion und Trainer Jan, der ihr Herz im Sturm erobert hatte, obwohl er ein Tatverdächtiger gewesen war. Davon, dass sie überzeugt gewesen war, die große Liebe gefunden zu haben. Davon, dass ihr sehnlichster Wunsch sich überraschend erfüllt hatte. Und zu welchem Preis.

Als Bernd sich schließlich verabschiedete, stand ein recht voller Mond schon hoch am Himmel. Mit einer Kopfbewegung deutete Julia nach oben. »Am Freitag ist Vollmond. Weißt du noch, wie wir damals am Strand Tango getanzt haben? Ach, waren wir jung und verrückt. Komm gut nach Hause und grüß meine Eltern von mir. Aber bitte – erzähle ihnen nichts von dem, was ich dir heute gesagt habe. Weder von dem Baby noch davon, dass mit Jan Schluss ist, okay?«

Bernd nickte langsam. Einen Moment lang zögerte er, ob er Julia zu einem Tango auffordern sollte. Er konnte sich noch gut an den Griechenlandurlaub damals erinnern. Wie ein Traum kam ihm das heute vor. Ein lang verlorener Traum, und deshalb beließ er es bei einem Lächeln, einem Kopfnicken, einem stummen Versprechen.

Kapitel Fünf - Dienstag Vormittag

Es war frustrierend. Julia konnte es drehen und wenden, wie sie wollte – sie kam zu keinem anderen Ergebnis: Es war frustrierend. Wütend trat sie in die Pedale, sie hatte keinen Blick für den sonnigen Sommermorgen, auch die Nandus, Lamas und Flamingos im Tierpark Röhrensee blieben unbeachtet. Nicht einmal für den allmorgendlichen Hauch eines schlechten Gewissens darüber, dass sie verbotenerweise durch den Park radelte anstatt zu schieben, hatte Julia heute etwas übrig. Sie machte ja oft verrückte Sachen, aber frühmorgens mit dem Fahrrad die Ludwig-Thoma-Straße stadteinwärts zu fahren, da hatte sie zu viel Angst um ihr Baby. Dann lieber den kleinen Umweg über den Park nehmen, autofrei und ruhig.

Aber heute hatte sie keine innere Ruhe. Es wurmte sie gewaltig, dass sie in Sachen Grabschändung auf der Stelle traten. Ihre bisherigen Ermittlungen hatten einfach nichts ergeben. Über die Uni hatte Julia Kontakt zu einem Experten für ägyptische Mythologie aufnehmen können. Doch leider wusste der überhaupt nichts über entsprechende Gruppierungen in Bayreuth. Stefan hatte einen Stargate-Fanclub ausfindig gemacht und die Daten aller Mitglieder überprüft, aber keiner war bisher in der Kartei zu finden. Lottes Cousin Felix hatte sich geweigert, ihr am Telefon Auskunft zu geben und darauf bestanden, heute in der Dienststelle zu erscheinen. In etwa einer halben Stunde wollte er eintreffen, bis dahin würde Julia locker dort sein. Aufatmend hielt sie bei einer großen Trauerweide an und gönnte sich einen kurzen Blick auf den still daliegenden Röhrensee, auf dem sich etliche Enten und Wildgänse tummelten. Um diese Uhrzeit war hier noch fast nichts los, und Julia genoss den kurzen Moment der friedlichen Ruhe, bevor sie sich wieder auf ihr Rad schwang und zu ihrem Büro fuhr.

Stefan Siems, der nur wenige Minuten vor ihr eingetroffen war, empfing Julia mit schlechten Neuigkeiten. Ein neuer Fall von Grabschändung war bekannt geworden – diesmal war es eine schwarze Katze, die auf einem Grab in Sankt Georgen gefunden worden war, wieder mit den obligatorischen 13 Kerzenresten. Julia sah nur kurz auf das beigefügte Foto, wendete sich schnell ab. Zu schlimm sah die getötete Katze aus, und Julia musste sofort an ihren Kater Leo denken, der – Gott sei Dank! – mehr weiß als schwarz war. Wenn dem so etwas zustoßen würde, nächtelang würde Julia Albträume haben, das war sicher. Ihr nächster Gedanke galt Cat und deren Katze Baghi. Jetzt musste sie also doch genauer hinsehen. Die Katze auf dem Foto hatte einen großen weißen Kehlfleck, nicht so einen unscheinbaren wie Baghi, stellte Julia erleichtert fest.

»Du meine Güte, Stefan! Wer macht denn so etwas? Einem Hahn den Kopf abhacken ist das Eine, aber einer Katze? Wer bringt denn so etwas fertig? Total krank!«, stieß sie angewidert hervor.

In diesem Moment ging die Tür auf und Lotte kam herein.

»Servus, gibt's was Neues?«, wollte sie sofort wissen. Stefan hielt ihr wortlos das Foto hin, und auch Lotte fuhr eine Gänsehaut über den Rücken.

»Heute Nacht?«, fragte sie leise.

»Nein, offenbar schon von vorgestern auf gestern. Das Grab liegt etwas abseits, deswegen wurde die Katze nicht sofort bemerkt. Die Angehörigen gießen jeden zweiten Abend, und als sie gestern hinkamen, haben sie die Katze entdeckt. Nach Dienstschluss. Informiert hat uns keiner, weil es ja kein Kapitalverbrechen ist. Als ich vorhin reinkam, war die Mail im Postfach.«

Julia blickte automatisch auf den großen Wandkalender, der neben dem Fenster hing.

»Wenn das wirklich irgendeine Form von Beschwörung sein soll, dann gute Nacht. Offenbar werden die Opfertiere immer größer. Erst Küken, dann ein Hahn, eine Katze – immer schwarz. Das muss einfach irgendwas bedeuten«, sinnierte sie.

»Es geht auf Vollmond zu, hoffentlich eskaliert das nicht.« Sie versuchte, das mulmige Gefühl abzuschütteln, von dem sie beim Anblick der toten Katze erfasst worden war. Aber es gelang ihr nicht.

»Der Hahn wurde in der Nacht auf Freitag getötet, und die Katze in der Nacht auf Montag. Aber diesmal nicht auf dem Stadtfriedhof, sondern in Sankt Georgen. Haben wir es jetzt mit zwei Tätern zu tun, die unabhängig voneinander schlachten? Oder ist das eine abgesprochene Sache? Oder war es ein und derselbe Täter, der jetzt aus irgendeinem Grund auf zwei Friedhöfen agiert hat?«

Mitten in diese Überlegungen hinein klopfte es an der Tür. Lottes Cousin Felix kam herein und wurde von der Praktikantin mit einer stürmischen Umarmung begrüßt.

»Des is der Felix«, stellte sie ihn schließlich vor. Julia und Stefan ließen das Bild erst einmal einen kurzen Moment lang auf sich wirken. Der schlaksige Kerl war etwa 16 Jahre alt und ungewöhnlich gekleidet. Über einem naturweißen mittelalterlichen Leinenhemd mit Brustschnürung und weiten Ärmeln trug er eine nietenbesetzte Lederweste, dazu eine eng anliegende schwarze Lederhose.

Nietenbestückte breite schwarze Lederarmbänder zierten die Handgelenke, um den Hals baumelte eine schwere Kette aus geschwärztem Silber mit einem wuchtigen Kreuzanhänger daran. Die gut schulterlangen Haare waren schwarz gefärbt und zu einem Nackenzopf zusammengefasst. Das Gesicht war weiß gepudert, dazu schwarz geschminkte Lippen und fette dunkle Kajalränder um die Augen. Alles in allem kein wirklich vertrauenserweckender Eindruck. Da Lotte sich jedoch so offensichtlich und ehrlich freute, beschloss Julia, dem jungen Mann eine Chance zu geben.

»Hallo Felix«, begrüßte sie ihn freundlich und auch Stefan nickte ihm wohlwollend zu.

»Was wollt ihr denn genau von mir wissen?«, fragte er, wobei er sich um einen leicht gelangweilten Ton bemühte. So ganz gelang ihm das jedoch nicht, sowohl Julia als auch Stefan bemerkten genau, dass er angespannt war, auch wenn er sich locker gab und jetzt einen Stuhl heranzog, auf den er sich rittlings setzte, die langen Beine weit ausgestreckt.

Julia nickte Lotte zu. Es war sicherlich am besten, wenn sie das Gespräch führte. Vielleicht war Felix ihr gegenüber weniger misstrauisch als bei den fremden Beamten. Das Mädel war sichtlich zufrieden über Julias Entscheidung, zog sich ebenfalls einen Stuhl heran und rückte nah zu ihrem Cousin.

»Felix, du bist doch öfter mal nachts auf dem Friedhof unterwegs, oder?«

Der Grufti sah von einem zum anderen. »Dreht ihr mir da einen Strick draus, wenn ich ja sage? Ich weiß, dass das verboten ist.«

Julia musste lächeln. »Felix, solange du sonst nichts Verbotenes auf dem Friedhof treibst, geht uns das nichts an, okay? Aber wir brauchen ein paar Informationen über die Leute, die sich da vielleicht sonst noch tummeln.«

Lotte nickte ihrem Cousin aufmunternd zu, und Felix fasste sich ein Herz.

»Ja, manchmal sind wir da schon. Aber nicht regelmäßig. Mal auf dem Stadtfriedhof, mal in Sankt Georgen. Am Südfriedhof nicht, da ist die Atmosphäre nicht so cool.«

Lotte nickte erneut. »Ja, des versteh ich. Der ist so neu, so steril.«

Neu war er tatsächlich im Gegensatz zu den beiden anderen Friedhöfen, erst in den 1980ern war er angelegt worden. Da fehlten die beeindruckenden Grabsteine und Grüfte der Bayreuther Persönlichkeiten vergangener Zeiten.

»Ab und zu sind wir auch am Wagnergrab, aber das ist so mitten in der Stadt, da ist keine Ruhe. Richtig alte Friedhöfe sind besser.«

»Und was macht ihr da, nachts auf dem Friedhof?«, hakte Lotte nach.

»Was man halt so macht. Kerzen anzünden, Musik hören, Rotwein trinken, kiffen – nein, das natürlich nicht!«, berichtigte er sich erschrocken.

Wieder musste Julia lächeln. »Wir haben nichts gehört, Felix. Sonst macht ihr nichts?«

Er überlegte angestrengt. »Was soll man denn sonst machen?«, grübelte er.

»Vielleicht Küken um die Ecke bringen?«, preschte Lotte vor. Aber Felix starrte sie nur entgeistert an.

»Wie kommst du denn auf so einen Irrsinn? Warum sollten wir das machen? Wir töten doch nicht zum Spaß wehrlose Tiere!«

»Aber vielleicht habt ihr mitgekriegt, dass jemand anderes sowas macht? Habt ihr Leute gesehen, die ihr nicht

kennt? Gesehen, dass sie auf Grabsteinen Opferriten voll-
ziehen? Das Gackern von Hühnern gehört? Oder eine tote
Katze gefunden?«

Felix schüttelte energisch den Kopf. »Das klingt ja
richtig absurd. Nein, sowas haben wir nicht gesehen oder
gehört. Wir sind ja auch nicht so oft am Friedhof. Meistens bei Vollmond oder bei Neumond. Und Vollmond ist
ja erst am Freitag wieder.«

»Hmmm, das ist schade, dass du uns nicht helfen kannst.
Aber wenn ihr was Auffälliges seht, dann rufst du mich
gleich an, versprochen? Egal zu welcher Uhrzeit, meine
Handynummer hast du ja. Okay?«

»Okay«, erwiderte Felix resigniert. »Mann, das hab ich
mir aber schon cooler vorgestellt, bei euch verhört zu
werden.«

Jetzt musste Lotte herzhaft lachen. »Ach, deswegen hast
du am Telefon nichts sagen wollen? Du hast hierher gewollt, weil du gedacht hast, es wird cool?«

Er nickte zerknirscht.

»Julia, wie sieht es aus? Bist du nicht auch der Meinung, dass Felix dringend tatverdächtig ist oder zumindest versucht, ein Verbrechen zu decken? Sollte er nicht
sicherheitshalber vorläufig festgenommen werden? Immerhin besteht Verdunklungsgefahr«, scherzte die Praktikantin, und Julia ging grinsend darauf ein.

»Ja, Lotte, das sehe ich ganz genauso. Springst du mal
schnell rüber zu Staatsanwalt Strasser und sagst ihm, dass
wir einen Haftbefehl brauchen?«

Felix starrte sie mit großen Augen an. Ob er blass wurde,
konnte man unter dem weißen Puder nicht erkennen, aber
Julia ging stark davon aus. Lotte sprang auf und funkelte
Felix grimmig an.

»Bleib du ja sitzen, hörst du? Wehe, du bewegst dich von dem Stuhl runter. Kollege Siems wird nicht zögern, dich zu erschießen, klar?«

Mit diesen Worten lief sie zur Tür und war schon draußen auf dem Gang. Felix schaute ihr entgeistert hinterher, seine Hände umkrampften die Stuhllehne, bis die Knöchel weiß hervortraten. Es war offensichtlich, dass er Lottes Scherz für bare Münze nahm. Die Praktikantin wartete etwa eine Minute hinter der geschlossenen Bürotür, dann riss sie diese genauso schwungvoll auf wie der Bonsai an seinen besten Tagen. Ein Blick auf ihren Cousin, der jetzt aussah, als würde er vor Schreck gleich vom Stuhl kippen, und Lotte konnte sich nicht mehr beherrschen. Lachend lief sie zu Felix, umarmte ihn und rief: »Na, war das cool genug für dich?« Erleichtert atmete Felix auf, während Lotte weiterlachte, bis ihr Tränen über die sommersprossigen Wangen kullerten. Auch Julia und Stefan konnten ihre Erheiterung nicht mehr verbergen und grinsten breit. Endlich konnte auch Felix mitlachen, sah aber trotzdem zu, dass er schnell das Dienstgebäude verließ. Man konnte ja nie wissen …

»Da hätte jetzt nur noch der Bonsai gefehlt, das wäre gar das Sahnehäubchen gewesen«, bemerkte Stefan, und wieder mussten alle drei losprusten.

»Aber unterm Strich ist nicht wirklich was dabei rausgekommen, deinen Cousin zu fragen«, seufzte Julia, als sie sich wieder beruhigt hatten. »Wir sind nicht schlauer als zuvor. Was könnten wir denn noch machen, um diese Tierquäler zu erwischen?«

Die quirlige Lotte hatte schon wieder einen Plan parat. Schließlich war das ihr erster echter Fall und sie wollte so viel wie möglich zur Aufklärung beitragen.

»Ich hab eine Idee – ich könnte undercover arbeiten. Die Stargate-Serie kenne ich ja ganz gut, da könnte ich doch als neues Mitglied zu diesem Fanclub stoßen. Vielleicht haben die ja doch was zu verbergen? Dass man noch nicht erfasst ist, heißt doch nicht zwangsläufig, dass man nie was Dubioses macht, oder? Einmal ist immer das erste Mal.«

Julia und Stefan tauschten einen kurzen Blick. Es war gut, dass sie sich ohne viele Worte verstanden, auch diesmal wusste Julia genau, dass sie einer Meinung waren.

»Lotte, du machst hier ein Praktikum. Ich kann dich nicht in eigener Verantwortung einfach an vorderste Front schicken und undercover irgendwo einschleusen. Da muss zumindest der Bonsai sein Okay geben, ansonsten kann ich dir das nicht erlauben.«

Sie musste lächeln über Lottes Mienenspiel. Die Enttäuschung stand ihr mit einem Schlag groß ins Gesicht geschrieben.

»Na los, komm mit, Lotte. Wir fragen den Bonsai.«

Julia wusste genau, was nun kommen würde. Lotte würde zum ersten Mal Zeuge davon werden, wie Strasser explodieren konnte. Und sie musste bei dem Gedanken daran grinsen, zumal sie ahnte, wie es ausgehen würde. Das war mindestens so ein Spaß wie vorhin mit Felix. Auch Stefan sprang von seinem Stuhl auf, er wollte sich das Spektakel nicht entgehen lassen und folgte den beiden zu Strassers Büro.

Wie immer war das schmächtige Männlein kaum zu erkennen hinter dem überdimensionierten Schreibtisch, der zudem mit Bergen von Akten und Literatur belegt war. Als Strasser allerdings das gesamte Team ins Zimmer kommen sah, stand er schwungvoll von seinem Ledersessel auf und blickte dem Trio erwartungsvoll entgegen.

Es war Julia, die Strasser kurz den Stand ihrer Ermittlungen schilderte. Und wie immer war Strasser mehr als unzufrieden mit dem bisherigen Verlauf.

»Sie meinen wohl, weil das keine Mordermittlung ist, wäre das alles Pipifax?«, schnarrte er empört los. »Was ist das denn für eine Arbeitseinstellung? Sie ermitteln hier immerhin in Sachen Tierquälerei, also warum machen Sie die Täter nicht dingfest?«

Julia holte tief Luft. »Herr Staatsanwalt, darf ich Sie daran erinnern, dass Sie mir untersagt haben, nachts auf dem Friedhof zu patrouillieren? Hätte ich das gedurft, dann hätten wir vielleicht schon greifbare Ergebnisse. So jedoch ... «

Heute machte ihr das Spiel richtig Spaß, zumal sie wusste, dass es diesmal kein ernsthaftes Streitgespräch geben würde, sondern höchstens ein kleines Geplänkel. Lotte dagegen zog unmerklich den Kopf ein, als Strasser lospolterte.

»Ich will keine Entschuldigungen hören, sondern Fakten! Bringen Sie mir die Tierquäler und Grabschänder, und zwar flott.«

Julia und Stefan wechselten wieder einen kurzen Blick und Stefan wusste sofort, dass jetzt er gefragt war.

»Herr Strasser, Frau Kerner hatte eine gute Idee, die sie Ihnen gerne unterbreiten würde«, warf er ein, mit einem Seitenblick auf Lotte, die erstarrte.

Strasser blieb unbeeindruckt. »Also, Frau Kerner, darf ich bitten?«, forderte er das Mädel unwirsch auf, zu reden.

Lotte stotterte anfangs verlegen herum, fasste sich dann aber ein Herz und breitete ihren Plan vor Strasser aus.

»Sind Sie wahnsinnig? Wie können Sie auf eine derart riskante Idee kommen? Und Sie, Frau Lehmann, wie können Sie so etwas unterstützen und auch nur im Geringsten annehmen, dass ich so eine Aktion erlauben und befürworten würde?«

Strassers Stimme schnappte jetzt über, so sehr echauffierte er sich über dieses Ansinnen. Während Julia und Stefan sich das Grinsen verbissen und möglichst ernst dreinschauten, machte Lotte einen Schritt zurück, fing sich dann aber erstaunlich schnell. Schließlich wollte sie eine gute Ermittlerin werden, und die hatten nicht zu kuschen, dachte sie sich. Daher nahm sie allen Mut zusammen und konterte:

»Herr Staatsanwalt, ich würde das ja gemeinsam mit dem Kollegen Siems machen, aber das käme doch jedem seltsam vor, wenn wir da zu zweit aufkreuzen würden, meinen Sie nicht? Ich kann schon auf mich aufpassen, das dürfen Sie mir glauben. Immerhin hab ich jahrelang Karate gemacht. Davon abgesehen wird ein Großteil der Kontakte nur online stattfinden. Und ich kenne mich echt gut aus im Stargate-Universum, das macht mich doch völlig unverdächtig. Ach kommen Sie, springen Sie über Ihren Schatten!«

Strasser starrte sie sprachlos an. Es dauerte mindestens eine Minute, bis er sich wieder gefangen hatte und abermals lostobte:

»Wo kämen wir denn hin, wenn hier jetzt die Praktikanten das Sagen hätten, was gemacht wird und was nicht? Das kommt überhaupt nicht in Frage, ist das klar?«

Wieder schnappte seine Stimme über und Lotte zog den Kopf ein. Jetzt hielt es Julia nicht mehr aus, sie beschloss, das böse Spiel zu beenden, und sprang dem Mädel zur Seite.

»Herr Strasser, Sie haben natürlich voll und ganz Recht, das ist viel zu gefährlich für eine Praktikantin im Alleingang. Aber wie wäre es denn, wenn wir ihr einen jungen Polizisten als Rückendeckung mitgeben? Es wird sich doch sicher einer finden, der ebenfalls Stargate kennt. Wäre das ein Kompromiss?«

Strasser starrte sie wütend an, dann begann er, vor seinem Schreibtisch auf und ab zu laufen. Drei Schritte hin – Kehrtwendung – drei Schritte zurück und das Ganze von vorne. Auch das war eine allgemein bekannte Angewohnheit des Bonsai, mit der er seine Gesprächspartner gerne zermürbte.

Julia, Stefan und Lotte standen schweigend im Raum und warteten auf eine Antwort. Die ließ auf sich warten, aber endlich hatte sich der Staatsanwalt zu einer Entscheidung durchgerungen.

»In Ordnung, damit bin ich einverstanden. Aber damit das klar ist: keine Alleingänge, verstanden? Sie gehen mir da nicht ohne einen Kollegen hin. Und Sie, Frau Lehmann, finden jemanden, der auch ein Fan dieser seltsamen Serie ist.«

Julia nickte zufrieden. Es war genauso gekommen, wie sie vermutet hatte. Dass Strasser zustimmen würde unter der Auflage, einen Kollegen mitzuschicken, war ihr wie Stefan klar gewesen. Aber ihre Praktikantin ein wenig zu erschrecken, ihr einen kleinen Streich zum Einstand zu spielen, das war einfach nötig gewesen.

Aber auch Lotte war nicht auf den Kopf gefallen. Auf dem Weg zurück ins Büro schaute sie ihre beiden neuen Kollegen misstrauisch an.

»Das habt ihr von vornherein gewusst, stimmt's? Ihr habt mich auflaufen lassen!« Sie zog einen Schmollmund, und ihre wilde Lockenmähne wippte unwillig hin und her.

Stefan grinste sie fröhlich an. »Tja, stimmt. Ein Streich zum Einstand gehört dazu. Herzlich willkommen bei der Mordkommission!«

Auch Julia musste lachen, und Lotte stimmte schließlich mit ein.

»Stefan, wie wär's, wenn wir unsere Lotte zum Einstand heute Mittag einladen? Wollen wir zum Spiro? Da waren wir schon lang nicht mehr.«

Da musste sie ihren Kollegen nicht zweimal fragen, für einen Besuch bei ihrem Lieblingsgriechen war er immer zu haben. Er schaute kurz auf die Uhr.

»Ach Mist, erst kurz vor neun – da ist noch ein Stück hin, und jetzt hast du mir den Mund wässrig gemacht.«

Schon von außen auf dem Gang hörten sie das schrille Klingeln des Telefons in ihrem Büro. Mit ein paar schnellen Schritten war Stefan am Apparat. Sein eben noch so fröhliches Gesicht wurde schlagartig ernst. Julia schaute ihn fragend an, doch er winkte nur ab.

»Ja, natürlich. Wir kommen sofort vorbei. In spätestens einer Viertelstunde sind wir dort. Wo genau müssen wir hin? Ja, okay, das finden wir. Bis dann.«

Er legte auf und schnaufte tief durch.

»Mädels, ich bin mir nicht sicher, ob das was wird heute Mittag – wir müssen zum Röhrensee. Da wurde eine schwarze Ziege geschlachtet.«

Auf dem Weg zum Auto erzählte er, was er gerade erfahren hatte. Der Tierpfleger hatte seine morgendliche Fütterungstour gemacht und dabei im Streichelgehege, in einer versteckten Ecke hinter dem Ziegenstall, die von außen nicht einzusehen war, den schwarzen Ziegenbock in einer Blutlache liegend entdeckt. Wie bei den anderen Tieren zuvor war auch ihm der Kopf abgetrennt worden, und Julia hoffte inständig, dass das nicht bei lebendigem Leib geschehen war.

»Wir müssen die SpuSi kommen lassen. Vielleicht können die was finden«, flüsterte sie. Ihr war flau im

Magen, was vermutlich auch an der Schwangerschaft lag, denn sonst war sie hart im Nehmen, hatte ja auch schon einiges erlebt in ihrer Laufbahn. Andererseits sah auch Lotte ziemlich blass aus, und Julia schlug ihr vor, im Auto zu warten.

»Kommt überhaupt nicht in Frage. Da muss ich durch«, meinte Lotte, aber es klang wenig überzeugend. Trotzdem trabte sie tapfer neben Stefan und Julia her, als die das Auto abstellten und die paar Meter zum Streichelgehege liefen.

Der völlig fassungslose Tierpfleger erwartete sie bereits am Eingang. Die kleine Brücke über den seichten Aubach, der weiter stadteinwärts in den Röhrensee mündete, hatte sein Kollege mit einem dicken Seil abgesperrt, damit keine Besucher ans Streichelgehege herankommen konnten. Julia nickte anerkennend, das war vorausschauend gehandelt.

»Kommen Sie und schauen Sie sich diese Sauerei an! Ich kann es nicht verstehen, wer macht denn so etwas? Der Rudi war so ein lieber Kerl, der hat nie jemandem was getan. Ich hab mich ja schon gewundert, als ich aufgesperrt habe. Die Ziegen waren alle total verschreckt und sind gar nicht hergekommen, als ich mit dem Eimer geklappert habe. Sonst sind sie immer sofort da, wenn sie mich nur sehen. Und dann ist mir der Rudi abgegangen und ich bin durch's ganze Gehege gelaufen, um ihn zu suchen. Dort hinten in der Ecke hab ich ihn dann gefunden –« Er brach ab und wischte sich verstohlen eine Träne aus dem Augenwinkel. Einen kurzen Moment lang rang er um Fassung, dann hatte er sich wieder im Griff und bedeutete ihnen, ihm zu folgen. Julia warf Lotte einen kurzen Blick zu, aber das Mädel nickte entschlossen, biss die Zähne zusammen und kam mit ins Gehege.

Das Bild, das sich den Ermittlern bot, war schrecklich. Der Ziegenbock lag, an den Läufen gefesselt, völlig verrenkt in der Ecke hinter dem Stall. Sein Kopf lag etwa einen halben Meter entfernt vom Rumpf des Tieres, der Boden war getränkt vom Blut des Bocks. Metallisch-süßer Blutgeruch lag in der Luft, und schon hatten die ersten Schmeißfliegen den Kadaver entdeckt. Um den toten Bock herum standen 13 Kerzenstummel im Kreis, und Julia fuhr der flüchtige Gedanke durch den Kopf, dass es noch Glück im Unglück war – es hätte übel ausgehen können, wenn durch einen dummen Zufall das direkt nebenan unter dem Dachvorsprung gelagerte Heu oder gar der Stall Feuer gefangen hätten. Sie wagte nicht, tief einzuatmen, ihr Magen rebellierte auch so schon. Auch Lotte war leicht grün im Gesicht, und daher schickte Julia sie unter einem Vorwand zum Auto.

»Lotte, lauf doch mal zum Wagen und frag nach, wann die SpuSi kommt. Und dann führst du sie direkt hierher, okay?«

Die Anwärterin nickte dankbar und beeilte sich wegzukommen. Jetzt deutete Julia zur Tür und schlug dem Pfleger vor, er solle gemeinsam mit seinem Kollegen alles erzählen, was ihnen eventuell aufgefallen war. Er nickte und folgte den beiden Beamten zu der kleinen Bank vor dem Streichelgehege. Auch sein herbeigewunkener Kollege kam dazu.

»Sie haben vorhin erzählt, die Ziegen wären so verängstigt – wo sind sie denn überhaupt? Ich kann keine Einzige sehen«, wunderte sich Julia.

Die beiden Tierpfleger deuteten hangaufwärts. »Da hinten ist noch ein Gehege, das ist eigentlich so eine Art Quarantänebereich für Neuankömmlinge oder kranke Tiere. Da haben wir sie rein getrieben.«

»Ach so. Die armen Kerlchen, hoffentlich erholen sie sich bald von diesem Schrecken. Aber sagen Sie, haben Sie irgendetwas Ungewöhnliches bemerkt? Sei es heute früh oder in den letzten Tagen? Vielleicht Menschen, die sich ungewöhnlich verhalten haben? Die sie vorher noch nicht hier gesehen hatten, die aber dann plötzlich hier herumlungerten? Vielleicht auch häufiger?«

Die beiden Männer schüttelten traurig die Köpfe. »Nein, überhaupt nichts. Wir sind ja auch nicht ständig hier. Wir haben ja alle Tiere hier im Park zu versorgen, da sind wir gut beschäftigt. Früh ab acht Uhr machen wir immer die Morgenrunde, wir fangen vorne bei den Flamingos an zu füttern. Dann arbeiten wir uns bis hier hinten durch, und bis dahin ist es meistens neun. Nach dem Streichelgehege kommen die Vogelvolieren hier dran, dann noch die Hirsche und zum Schluss ganz hinten die Lamas und Nandus. Um zehn sind wir fertig mit der Morgenrunde. Dann geht es ans Ausmisten, Rasenmähen vorne im Park, Unkraut jäten, am Spielplatz nach dem Rechten sehen. Dort sind manchmal Spielgeräte kaputt, meistens Vandalismus. Das müssen wir dann natürlich melden oder selbst in Ordnung bringen, wenn das geht. Wir sind schon vielseitig. Bürokram kommt ja auch noch dazu. Und so schnell schauen Sie gar nicht, wie hier ein Tag rum ist. Im Winter wird es ja früher dunkel, da machen wir die Ställe zum Feierabend zu. Aber jetzt im Sommer geht das nicht, da wechseln wir uns ab, wöchentlich, und kommen abends noch mal hierher. Aber gestern Abend war alles vollkommen normal, wie immer eben. Die Ziegen bleiben nachts ja eh draußen.«

»Und wer ist dann nachts eingesperrt?«, wollte Julia wissen.

»Na ja, eigentlich nur die Hühner und die Flamingos. Die gehen nachts in ihre Ställe und da wird zugemacht. Hier gibt es ja auch Marder, und ein Fuchs war auch schon mal auf Raubzug hier unterwegs. Da passen wir lieber gut auf.«

Stefan machte eifrig Notizen, auch wenn sie hier keine neuen Erkenntnisse zu erwarten hatten. Julia wollte sich trotzdem noch versichern und fragte: »Ist hier irgendwann in der Vergangenheit schon einmal so etwas passiert? Vielleicht mit Enten, Meerschweinchen, anderen Kleintieren? Haben Sie da jemals etwas bemerkt? Oder ähnliche Kerzenreste, nur ohne Tierkadaver?«

Aber auch das verneinten die beiden Tierpfleger. »Nein, noch nie. Nur einmal, vor zwei Jahren, da war ein Känguru verschwunden. Ob das entwischt ist oder ob es geklaut wurde, konnte nie aufgeklärt werden. Aber normalerweise ist es umgekehrt. Manche Leute setzen ihre Haustiere einfach hier aus. Da kommt es schon mal vor, dass im Streichelgehege plötzlich ein Zwerghase herumhopst oder ein Karton mit einem Meerschweinchen in der Futterspendenbox landet. Manchmal sitzen auch Wellensittiche oben auf der Voliere. Einige von denen sind wohl entflogen, andere wurden hier freigelassen.«

Julia und Stefan warteten noch auf die SpuSi, dann fuhren sie gemeinsam mit Lotte zurück zur Dienststelle. Alle drei waren erschüttert und dementsprechend schweigsam. An das geplante Mittagessen beim Spiro dachte keiner mehr, der Appetit war ihnen gründlich vergangen. Als sie auf dem Parkplatz ausstiegen, fragte Lotte kleinlaut:

»Und wie gehen wir jetzt vor? Das ist alles so schrecklich, wer macht denn so etwas? Total krank ist das.«

Julia nickte traurig. Sicherlich, es war auch schlimm, wenn Hühner getötet wurden. Aber ein ausgewachsener Ziegenbock, noch dazu zahm und zutraulich? Sie wagte gar nicht, sich vorzustellen, wie er neugierig angelaufen kam, in der Hoffnung auf Streicheleinheiten oder einen überraschenden Mitternachtssnack. Und dann ...

»Ich bin für einen Zeugenaufruf bei der Mainwelle. Aber das sollten wir zuerst mit Strasser besprechen und nicht über seinen Kopf hinweg machen. Denn der Röhrensee ist ja doch keine völlig einsame Gegend, nicht mal nachts. Ich hoffe, dass irgendwer was mitgekriegt hat und sich meldet, wenn im Radio ein Beitrag dazu kommt. Und Lotte – du schaust gleich mal nach, ob sich auf unseren internen Aufruf jemand gemeldet hat, der sich mit Stargate auskennt, okay?«

Es war mehr ein deprimiertes Schleichen als ein Laufen hin zu ihrem Büro. Sie hatten sich jedoch noch nicht einmal hingesetzt, als das Telefon klingelte und ein Kollege der PI Stadt dran war.

»Es kommt gleich eine Familie zu euch, die hab ich rübergeschickt. Die Eltern behaupten, ihre Tochter wäre entführt worden. Ist zwar mittlerweile wieder bei ihnen. Aber ich denk mal, da solltet ihr ermitteln.«

Bevor Stefan, der ans Telefon gegangen war, antworten konnte, war schon wieder aufgelegt worden.

»So was! Als ob wir nicht gerade genug zu tun hätten, jetzt schicken die uns einen Entführungsfall, wo aber die Tochter schon wieder da ist«, schimpfte er leise. Julia lachte trocken auf.

»Stefan, wie war das – Menschen, Tiere, Pflanzen gehen vor. Genau in dieser Reihenfolge. Und da geht dann halt mal ein entführter Mensch vor ein totes Tier, ob uns das passt oder nicht. Hören wir uns die Sache mal an, dann können wir entscheiden, was tatsächlich wichtiger ist. Lotte, gehst du mal schnell zum Bonsai und redest mit ihm wegen dem Bericht auf der Mainwelle? Das kannst du, oder?« Das Mädel nickte, und wieder hüpften ihre Locken auf und ab. »Ich saus gleich los«, rief sie und eilte hinaus auf den Flur. Das Stargate-Unterfangen konnte warten, nicht zuletzt, weil sie mit etwas Glück wieder im Büro sein würde, wenn die Familie ihre Aussage machte. Und das wollte Lotte auf keinen Fall verpassen.

Tatsächlich schaffte sie es mit Strassers Zustimmung zurück, bevor sich jemand blicken ließ. Erst als Lotte schon am PC saß, um sich nach einem zweiten Mann für den Fanclub umzusehen, und Julia schon einen Entwurf für Radio Mainwelle geschrieben hatte, den sie Strasser schickte, klopfte es mehrfach an der Bürotür.

Ein übergewichtiger Mittvierziger kam herein, gefolgt von einer Frau mit schlecht gefärbten, splissigen, gut schulterlangen Haaren. Dritte im Bund war das Töchterlein. Deren Alter war schwer zu schätzen, zurechtgemacht war sie, als wäre sie 18 oder 19. Ihr tatsächliches Alter mochte weit darunter liegen, vermutete Julia spontan – was sich später auch als zutreffend herausstellte.

»Sperling ist mein Name, Fred Sperling«, keuchte der Schwergewichtige. »Meine Frau Alexandra und unsere Tochter Beatrix.« Das Mädel verdrehte genervt die Augen. »Bee. Alle nennen mich nur Bee, klar?«, zickte sie.

Julia seufzte. »Stefan, übernimmst du den Rest mit Strasser? Danke. Also, Familie Sperling. Bee. Worum geht es denn?«, fragte sie fast schon übertrieben freundlich. Sie musste sich arg zusammenreißen, um das Bild des toten Rudi aus dem Kopf zu verdrängen. Aber jetzt waren diese Leute hierhergekommen, und was sie zu sagen hatten, war ihnen wichtig. Und damit auch wichtig für Julia.

»Unsere Tochter ist entführt worden. Gestern. Und dann wurde sie freigelassen. Wir wollen Anzeige erstatten.« Vater Sperling wischte sich den Schweiß von der Stirn.

Julia nickte ihm aufmunternd zu. »Okay, dann erzählen Sie mal, wie das passiert ist.«

Seine Frau mischte sich ein. »Das war so: Wir haben uns gezofft, die Beatrix –«

»Bee!«

»– Beatrix und ich. Weil sie mir hätt helfen solln mit der Hausarbeit. Und die hat bloß g'maant, dass sa mit ihrer Schul genuch zu tun hätt. Dass ich ned lach! Als ob sa sich überärbern tät, da müsst sa scho bessere Nodn bringen. Egal, jedenfalls is sa dann aafoch auf und davo und hat mich stehenlassen. Des war gestern Nachmiddoch. Und nocherd is sa nimma haamkumma. Ihr Handy is ausg'wesen. Ich hab dann ihr Freundin ang'rufen, die Josy, weil ich gedacht hab, sie wär bei der. War sie aber nicht, und die Josy hat g'meint, vielleicht issa bei ihrm Kerl. Also beim Luke oog'rufen, aber der hat g'sogt, sie wär ned da. Was soll ma denn da denken? Klar, des Pritschla hat ihr Handy aus Trotz aus. Irgendwann kommt sa nocherd scho wieder. Issa oba ned –« Ihr Mann unterbrach sie unwirsch: »Herrgott, Fraa, etzt red doch so, dass dena Leid versteng, was bassierd is!«

Lotte tauchte kurzerhand hinter ihrem Bildschirm ab, damit niemand ihr Grinsen bemerkte. Sie bewunderte Julia, die Herrn Sperling zunickte, ohne eine Miene zu verziehen. Aber tatsächlich bemühte sich seine Frau jetzt um ein halbwegs passables Hochdeutsch.

»Also, sie ist am Abend nicht mehr heim. Und in der Früh war ihr Bett immer noch leer. Ich hab mir nichts dabei gedacht. Die wird halt beim Luke g'schlafen haben, weil wir g'stritten haben. Und vorhin kommt die Beatrix rein und erzählt, sie wär entführt worden.«

»Und, Bee, erzählst du uns jetzt bitte genau, was da passiert ist?«

Das Mädel fuhr sich mit beiden Händen durch die langen blonden Haare, fasste eine Strähne und drehte sie um den rechten Zeigefinger. Man konnte ihr ansehen, dass sie verunsichert war. Schließlich fing sie zögernd an:

»Also, wie meine Mutter schon gesagt hat. Wir haben uns gestritten und ich bin raus. Erst wollte ich zur Josy. Aber dann ist mir eingefallen, dass die ja am Montag immer ihre Tanz-AG hat. Also zum Luke. Aber, Shit, der hat ja Fußballtraining bis halb sechs und als ich ihn angerufen hab, war er ziemlich genervt und hat gemeint, ich soll ihn in Ruhe lassen mit dem ewigen Stress mit meinen Alten. Da war ich dann auf ihn auch noch sauer. Weil das Wetter so schön war, hab ich mich halt am Main rumgetrieben und hab nicht so recht gewusst, was ich jetzt machen soll, bis die Josy wieder daheim ist. Und unterwegs hat mich dann einer angesprochen, der hat gesagt, er heißt Justus. Boah, der war richtig heiß, der Kerl. So lange dunkelbraune Haare, bis auf die Schultern. Und total braungebrannt war der, Tattoos auf den Armen, so Schnörkselmuster, voll cool. Und dann noch so Zeichen am Unterarm tätowiert, wie ägyptische Schriftzeichen. Und weil ich so sauer war aufn Luke, bin ich halt mit dem Justus mit, als er gesagt hat, er hätte daheim einen ganzen Wurf junge Hunde, ob ich die mal sehen will. Ich hab mir schon gedacht, was ist das denn für eine doofe Anmache. Aber dann hab ich gedacht, der will bestimmt mit mir in die Kiste und sagt's nur nicht gleich –«

An dieser Stelle stieß ihr Vater hörbar die Luft aus vor Empörung, und ihre Mutter zischte: »Beatrix!«, was das Mädel aber nicht weiter beeindruckte.

»Bee. Und was? Ich bin 14 und mach, was ich will. Zumindest hab ich nicht vor, mit 16 schwanger zu sein wie du. Da pass ich schon besser auf.«

Erstaunlicherweise blieben ihre Eltern bei diesen Sätzen ruhig, was Julia ein wenig wunderte. Aber vielleicht war das schon oft genug ein Streitpunkt gewesen und hatte sich abgenutzt?

»Erzähl weiter, Bee. Was war dann?«

»Also, der Justus war mit seinem Roller unterwegs und hat mich hintendrauf mitgenommen. Wir sind zu einer Scheune hinter Cottenbach gefahren und da rein. Da war keine alte Sau weit und breit, und Hunde natürlich auch nicht. Aber das hab ich mir ja eh schon vorher gedacht, dass das Schmarrn ist, den der erzählt. Er hat dann zwei Flaschen Cola gebracht, die haben da wohl schon gestanden. Ich hab was getrunken, weil ich Durst hatte. Und dann weiß ich nichts mehr. Das Nächste ist, dass ich ganz woanders in einem Zimmer aufgewacht bin, wo vor dem Fenster ein Außenrollo runtergemacht war. Also, es war ziemlich duster da drin. Ein Bett war drin und ein Tisch mit was zu essen und zu trinken drauf. Nach einem Stück ist der Justus reingekommen, aber ich hab jetzt schon gar keinen Bock mehr auf den Kerl gehabt und hab ihm das auch gesagt. Da war er ganz verwirrt, ja ob ich denn gedacht hätte, er will was von mir. Nein, für mich hat er was viel Besseres. Er hätte mich für den Priester entführt. Ich dann so: Scheiße, was ist das denn für krankes Zeug? Und er: Du bist die auserwählte Jungfrau, und bald ist Vollmond. Da hab ich ihn ausgelacht und gefragt, ob er ernsthaft denkt, ich wäre noch Jungfrau? Dann wäre ich doch nicht einfach so mit ihm mit. Da war er noch mehr verwirrt und hat gesagt, er muss mit dem Priester reden. Und hat sein Handy gezückt und mit einem anderen Kerl telefoniert. Der hat gesagt, er kommt dann gleich vorbei. Dann hat es eine Zeitlang gedauert, und ein zweiter Kerl ist rein. Der hat eine Maske aufgehabt wie Zorro und eine Schlange auf den Hals tätowiert, wie eine Kobra, die droht. Echt krank, die zwei Vögel. Er hat mich angeschaut und dann zum Justus gesagt, das sieht man der doch schon an, dass die ein Flittchen ist. Warum bringst du denn sowas an? Ich brauch was Unverdorbenes, was Heiliges, hat er gesagt. Und dann dem Justus was ins Ohr geflüstert und ist wieder verschwunden. Der Justus ist ganz blass geworden und hat erst mal gar nichts gesagt. Der hat mich die ganze Zeit nur angeschaut. Irgendwann hat dann sein Handy geklingelt und er ist ran. Nein, noch nicht, hat er gesagt. Ja, Herr, ich mach das. Du kannst dich auf mich verlassen, Herr, hat er gesagt. Und nach einem Stück hat er zu mir gesagt, der Priester will, dass er mich tötet, weil ich zu viel weiß. Aber dass er das nicht machen will, weil ich doch nichts dafür kann. Und wenn ich ihm hoch und heilig schwöre, dass ich niemandem was davon erzähle, und wenn ich ihn nicht verrate, dann lässt er mich frei. Natürlich hab ich ihm alles versprochen, ich hab ja Angst gehabt wie Sau, dass der mich absticht oder abknallt. Aber er hat sich an den Deal gehalten. Zuerst hat er mich aus dem Zimmer in den Keller gebracht und dort eingesperrt. Es hat noch ein paar Stunden gedauert, aber dann hat er gesagt, ich muss die Limo trinken, die er mir hingestellt hat. Da hab ich aber losgekreischt, weil ich gedacht hab, er betäubt mich wieder und dann bringt er mich doch um. Also hat er gesagt, er verbindet mir die Augen und bringt mich zurück. Hat mich gefesselt und mir die Augen verbunden und mich dann in ein Auto geführt. Dann ist er losgefahren, ich weiß nicht, wie lang, vielleicht eine halbe Stunde oder so. Irgendwann hat er angehalten und ich durfte aussteigen. Losgebunden hat er mich aber nicht, er ist einfach weggefahren. Aber den Strick hat er so gelockert, dass ich den selbst abmachen konnte, hat ein wenig gedauert, aber ich hab's geschafft. Wie ich die Augenbinde abmache, sehe ich, ich bin im Wald oben beim Siegesturm. Und es ist gerade hell geworden. Also bin ich heim. Erst wollte ich meinen Eltern gar nichts davon erzählen, weil ich es dem Justus ja versprochen hab. Aber dann hab ich mir überlegt, wenn der jetzt eine richtige Jungfrau entführt, was ist dann mit der? Ich weiß ja nicht, was die Spinner vorhaben. Aber bestimmt nichts Gutes. Wie ich so da drüber nachgedacht habe, hat's mir aber die Augen kurz zugezogen. Um halb neun bin ich aufgewacht und hab meiner Mutter die ganze Geschichte erzählt. Die hat meinen Vater von der Arbeit weggeholt und dann sind wir zur Polizei.«

Bee holte einen Kaugummi aus ihrer Jackentasche und schob ihn in ihren Mund.

Julia schüttelte unmerklich ihren Kopf. Das klang alles ziemlich verrückt. Aber eine Sache kam ihr besonders merkwürdig vor.

»Bee, du bist entführt worden, wurdest dann ausgesetzt, nachdem du ermordet werden solltest. Und da bist du einfach eingeschlafen, als wäre nichts gewesen? Es fällt mir schwer, das zu glauben«, sinnierte die Kommissarin. Aber Bee kaute nur trotzig auf ihrem Kaugummi herum und ließ ihn knallen.

»Bee, du bist wirklich eingeschlafen? Bist du dir da sicher?«

Es war Alexandra Sperling, die jetzt die Nerven verlor. Wütend schlug die Frau mit der flachen Hand auf den Schreibtisch. »Beatrix, hör auf zu lügen! Frau Kommissar, es tut mir leid. Ich hab gesagt, sie soll das erzählen, weil es mir peinlich war. Sie hat mir diese Geschichte in der Früh erzählt, als ich sie für die Schule wecken wollte. Ich war so wütend auf des Pritschla, kommt die ganze Nacht nicht heim, schleicht sich früh ins Haus und denkt, ich merk nichts. Und dann tischt sie mir so einen Mist auf. Ich hab ihr kein Wort geglaubt und erst mal eine gescheuert für ihre Frechheiten. Aber sie ist so stur bei der Geschichte geblieben und hat sich geweigert, in die Schule zu gehen. Ich hab dann meinen Mann angerufen, weil ich gar nicht mehr wusste, was ich machen soll. Und der hat ihr geglaubt und uns hergefahren.«

Julia und Stefan wechselten einen kurzen Blick, und er mischte sich in das Gespräch.

»Haben Sie uns sonst noch etwas verschwiegen oder etwas verdreht?«

Die Sperlings schüttelten in ungewohnter Einigkeit die Köpfe. Aber zufrieden war Stefan damit noch lange nicht.

»Bee, hat dieser Justus noch irgendetwas zu dir gesagt? Was sie mit dir vorhatten? Wer dieser seltsame Priester ist? Wie hat der denn ausgesehen, also außer dass er eine Maske aufhatte? Normale Klamotten oder kirchliche Kleidung? Irgendwelche Auffälligkeiten vielleicht?«

Bee kaute angestrengt, und Julia hoffte, sie würde auch ebenso angestrengt nachdenken. Schließlich nickte das Mädchen.

»Der Priester hat Jeans und T-Shirt angehabt, 08/15. Kurze dunkelblonde Haare, nicht so toll braungebrannt wie der Justus. Aber auch nicht käsweiß. Und dieses Tattoo mit der Schlange, das hatte er am Hals. Die war so rumgeringelt und vorn zum Kehlkopf von dem Kerl hoch hat sie gedroht, wie bei einem Schlangenbeschwörer. Und am Arm hatte er auch diese Schriftzeichen. Vielleicht ist das ja ein Zeichen für die Sekte, in der die sind? Weil, ich denke nicht, dass die zur normalen Kirche gehören. Dafür sind die viel zu durchgeknallt. Und er hat was von einem Po gesagt, als er mit Justus geflüstert hat. Ich hab das ja nicht richtig verstanden, aber Po hab ich gehört. Das hat so ähnlich geklungen wie: für am Po is eine Jungfrau. Ich weiß ja nicht, was die zwei Typen für perverse Ideen haben, aber da war ich schon irgendwie froh, dass ich keine Jungfrau mehr bin.« Tatsächlich wirkte Bee erleichtert. Ihr Vater weniger.

»Du bist nur so lang froh da drüber, bis ich dir den Hintern versohlt habe dafür, da kannst dir sicher sein!«, schimpfte er los.

Aber Bee ließ nur ihren Kaugummi nochmals knallen und verzog das Gesicht. »Ej, hast du echt gedacht, der Luke und ich halten nur Händchen, oder was? Wie naiv bist du denn bitte? Du hast doch meine Mutter auch schon flachgelegt, als sie so alt war wie ich jetzt.«

Wären Julia und Stefan nicht gewesen, dann hätte sie jetzt wohl tatsächlich eine Tracht Prügel bekommen. Herr Sperling fuhr herum und auf seine Tochter los, aber eine schnelle Bewegung von Stefan reichte aus, um ihn zu bremsen. Der sprang nämlich regelrecht von seinem Stuhl auf und machte Fred Sperling damit bewusst, wo er war. So blieb es bei einem wütenden Blick.

Es war Lotte, die eine zündende Idee hatte. Urplötzlich tauchte sie aus der Versenkung hinter ihrem PC auf und wirkte auf Julia, als hätte sie soeben einen Schatz gefunden. Aufgeregt holte die junge Praktikantin tief Luft und schaute Julia fragend an. Die nickte ihr aufmunternd zu, und so legte Lotte los.

»Entschuldigung, wenn ich mich einmische. Aber kann es sein, dass dieser Priester gesagt hat: Für Apophis eine Jungfrau?«

Bee strahlte Lotte regelrecht an. »Jaaa! So hat das geklungen, was der Typ genuschelt hat. Für am Po is – für Apophis! Wer auch immer dieser Apophis sein soll, keine Ahnung. Ich hab den Namen jedenfalls noch nie zuvor gehört. Wer heißt denn bitte so? Ein Kampfhund vielleicht?« Es lief Bee eiskalt den Rücken hinab bei der Vorstellung, zu Hundefutter verarbeitet zu werden. Da fand sie es schon sehr beruhigend, dass alle drei Polizisten jetzt vehement die Köpfe schüttelten. Allerdings hielt die Beruhigung nicht lange an, denn Julia erklärte:

»Nein, Apophis ist ein altägyptischer Gott. Ein finsterer Dämon, genauer gesagt. Und wir haben Grund zu der Annahme, dass diesem Apophis hier in Bayreuth schon mehrere Tiere geopfert wurden.«

Bee bekam große Augen, knallte erneut und vergaß vor lauter Schreck, die Reste ihrer Kaugummiblase wieder in den Mund zu holen. Erst nach einer Schrecksekunde kaute sie weiter und fragte dann, sichtlich geschockt:

»Heißt das, die hätten mich geopfert? Wenn ich nicht …«

Julia seufzte. »Bee, das können wir nicht sicher sagen. Du musst jetzt erst einmal froh und dankbar sein, dass du mit heiler Haut davongekommen bist.«

»Aber … aber wenn der Justus jetzt ein anderes Mädchen entführt, was passiert denn dann?«, flüsterte Bee. Sie war ganz blass geworden bei dem Gedanken daran.

Ihr Vater hatte jedenfalls genug von derartigen Überlegungen, er hämmerte energisch mit der Faust auf Julias Schreibtisch.

»Sie müssen was unternehmen – eine Fahndung über Radio Mainwelle und den Kurier oder so. Der muss doch zu finden sein, dieser Justus. Und dieser Priester dazu, dann haben Sie die beiden eingesackt. Mit so einer auffälligen Schlange um den Hals, da meldet sich doch sofort jemand, der ihn kennt.«

Doch Julia beschwichtigte Herrn Sperling. »Ganz so einfach geht das nicht. Wir müssen uns zuerst einmal überlegen, wie wir am besten vorgehen. So ein öffentlicher Fahndungsaufruf kann die beiden auch aufschrecken, sodass sie etwas Dummes tun. Justus könnte in Gefahr geraten, denn schließlich denkt der Priester, Ihre Tochter wäre tot. Wenn er jetzt erfährt, dass er hintergangen wurde? Bevor wir so etwas anleiern, müssen wir uns erst einmal mit der Staatsanwaltschaft absprechen. Ich muss Sie bitten, die Geschichte für sich zu behalten, bis wir das Ganze öffentlich gemacht haben. Bee, kannst du uns helfen und eine genaue Beschreibung von Justus abgeben, damit wir ein Phantombild entwerfen können?«

Bee ließ ihren Kaugummi erneut knallen und nickte wild entschlossen. »Klar, mach ich. Schon allein, damit der Kerl nicht die Nächste abfängt und kidnappt.«

Vater Sperling zuckte genervt mit den Schultern und schüttelte missbilligend den Kopf. »Wenn Sie meinen, dass das der richtige Weg ist. Ich werde dann ja offenbar nicht mehr gebraucht, dann fahre ich jetzt auf die Arbeit zurück. Alexandra, du bleibst mit Beatrix hier?« Er wartete die Antwort seiner Frau nicht ab, sondern verschwand schwer atmend nach draußen. Julia gab Stefan einen Wink, worauf ihr Kollege aufstand und Bee zunickte.

»Na, dann wollen wir mal. Ich bringe dich und deine Mutter zu dem Kollegen, der für die Phantombilder zuständig ist. Lotte, willst du uns begleiten?«

Die Praktikantin sprang auf. »Ja, das würde ich gerne sehen, wie das gemacht wird.«

Zurück blieb eine nachdenkliche Julia. Wer hätte vor einer halben Stunde gedacht, dass ein Zusammenhang zwischen Ziegenbock Rudi und dieser mysteriösen Entführung bestand? In diesem Fall war wohl wirklich ein Gedankenaustausch mit Staatsanwalt Strasser ratsam. Seufzend machte sich die Kommissarin auf den Weg zu ihrem Lieblingsfeind.

Kapitel Sechs - Dienstag Nachmittag

Das gemeinsame Mittagessen beim Spiro, das sie zu Lottes
Einstand geplant hatten, war Bees Entführung und Rudis
Hinrichtung zum Opfer gefallen. Appetit- und Zeitmangel
sorgten dafür, dass Julia und ihr Team die Mittagspause
im Büro verbrachten. Dank Bees Täterbeschreibung hatten
sie jetzt einen zusätzlichen Ansatzpunkt, nämlich die täto-
wierte Schlange um den Hals des Priesters. Lotte hatte
eine Liste sämtlicher Tattoo-Studios in Bayreuth und Umgebung ausgedruckt, die jetzt der Reihe nach angerufen
wurden. Staatsanwalt Strasser tauchte halbstündlich in
ihrem Büro auf und erkundigte sich nach dem Stand der
Ermittlungen. Diese Dialoge ähnelten sich so sehr, dass
Julia das Gefühl hatte, in einer Zeitschleife gefangen zu
sein. Gerade hörten die drei die energischen Schritte des
Bonsai auf dem Flur, dann wurde auch schon die Tür
schwungvoll aufgerissen und ebenso schwungvoll wieder
zugeknallt, sodass der Putz von den Wänden zu rieseln
schien.

»Herrschaften, gibt es etwas Neues?«, schnarrte Strasser
erwartungsvoll. Doch wie jedes Mal wieder schüttelten
Julia, Stefan und Lotte traurig die Köpfe. Und wie jedes
Mal schnaufte Strasser empört und laut, bevor er loslegte:
»Jetzt machen Sie mal hin, das kann doch gar nicht wahr
sein! Warum dauert das denn so endlos? Es muss doch
möglich sein, über die Tätowierung mehr von dem Kerl
zu erfahren. Haben Sie denn noch nicht bald alle Tattoo-
Studios abtelefoniert?«

Julia schüttelte den Kopf. »Herr Strasser, was sollen wir denn tun? Zwei haben auf ihrem Anrufbeantworter einen Text aufgespielt, dass sie Urlaub haben. Drei haben dienstags Ruhetag. Einer ist wohl insolvent, die Nummer existiert nicht mehr. Und einer geht einfach nicht ans Telefon, warum auch immer. Und dann ist ja gar nicht gesagt, dass diese Schlangentattoos über offizielle Studios gestochen wurden. Wir kommen hier nicht weiter.«

»Und der Beitrag auf der Mainwelle über den Ziegenbock? Ist da schon was rausgekommen?«, wollte Strasser wissen.

Auch da musste Julia ihn jedes Mal erneut vertrösten. »Die haben Redaktionssitzung und wollen ab 14 Uhr damit auf Sendung gehen. So lange werden wir uns wohl gedulden müssen.«

Tatsächlich berichtete Christian Höreth, der Mainwelle-Sprecher, kurz nach zwei am Nachmittag ausführlich und hörbar erschüttert von der Bluttat am Röhrensee. Er streute sogar noch die Bemerkung ein: »Ich bin ja selber öfter mal am Röhrensee und habe den Rudi gekannt. So ein lieber Kerl, der ist immer angekommen und war neugierig, ob es was zu fressen gibt oder Streicheleinheiten. Wer auch immer irgendwas gesehen oder gehört hat oder sonst was weiß – bitte meldet euch, entweder in der Mainwelle-Redaktion oder direkt bei der Polizei.«

Natürlich hatten sie ihr Radio an, und Lotte starrte nach diesem Beitrag aufs Telefon wie ein Kaninchen auf die Schlange – aber nichts geschah. Kein empörter Mainwellehörer gab sachdienliche Hinweise preis, kein Mitwisser rief an, um die Täter zu verpfeifen. So musste Lotte wohl oder übel die weiteren Vorbereitungen für ihr Unternehmen Stargate treffen, sie hatte einen jungen Kollegen aufgetan, der sich im Stargate-Universum gut auskannte, und beriet sich mit ihm. Stefan glich mittlerweile Bees Phantombild mit polizeilich erfassten Personen ab, ein ebenso ufer- wie erfolgloses Unterfangen. Und Julia suchte im Internet nach Schlangentattoos, die dem des Priesters ähnelten. Viel mehr blieb ihnen nicht zu tun, denn auch Staatsanwalt Strasser hatte es abgelehnt, sofort öffentlich nach Justus zu fahnden, er sah ebenfalls eine Gefährdung des Entführers als gegeben, sollte der Priester erfahren, dass Bee noch lebte.

»Damit würden wir diesen Justus in Lebensgefahr bringen. Der Priester schreckte ja schon nicht davon zurück, das Mädchen töten zu lassen. Da würde er den Verräter bestimmt auch angemessen bestrafen. Dazu kommt, es wäre denkbar, dass er das Mädchen doch noch tötet. Gut möglich, dass er ihren vollen Namen und ihre Adresse kennt. Falls sie irgendwelche Papiere bei sich hatte, wurden die bestimmt gelesen, als sie bewusstlos war. Und zu guter Letzt: Falls sie bereits ein weiteres Mädchen entführt haben sollten, schwebt auch das in akuter Gefahr. Am Freitag ist Vollmond, heute ist Dienstag. Wenn der Priester Angst hat, erwischt zu werden, dann wartet er vielleicht nicht, sondern zieht sein Ritual vor. Wenn ich das richtig verstanden habe, will er einen Dämon beschwören. Und wenn er diesen Schmarrn tatsächlich glaubt, dann ist er vermutlich überzeugt davon, dass Apophis ihm hilft, ihn am Ende sogar unbesiegbar macht, wenn er denn endlich beschworen ist. Wenn er befürchtet, dass sein Vorhaben vereitelt wird, dann versucht er es wohl lieber heute als bei Vollmond, auch wenn er denkt, dass die Chancen dann schlechter stehen. Wir dürfen nicht vergessen, dass wir es mit einem Verrückten zu tun haben. Und ich will nicht, dass morgen im Kurier steht: Jungfrau ohne Kopf am Stadtfriedhof gefunden.«

Julia überlegte kurz. »Meinen Sie denn, die würden das am Stadtfriedhof machen? Hühner und Katzen sind das Eine, die sind ja auch leicht zu transportieren. Aber ein Mädchen, selbst wenn es betäubt ist?«

Strasser stutzte kurz, dann nickte er. »Da könnten Sie recht haben, Frau Lehmann. Aber wo dann?«

»Eine Kultstätte? Ich würde eine Kultstätte suchen, eine alte Opferstelle, einen heiligen Platz hier in der Umgebung.«

»Ja, vielleicht sollte man diese Spur verfolgen, wenn wir anders nicht weiterkommen. Aber aktuell fühlt dieser Priester sich ja noch sicher. Also finden Sie ihn, seien Sie erfolgreich!«

Erfolgreich, das war Julia zumindest bei ihrer Suche nach passenden Tattoos nicht. Es wäre ja auch zu schön gewesen, hätte der Priester seine Schlange stolz im Netz zur Schau gestellt. Blieb also nur die Suche nach Kult- und Opferstätten.

»Was meint ihr, könnte der Oschenberg geeignet sein für so ein Beschwörungsritual?«, fragte Julia eher ratlos. Umso überraschter war sie, als Lotte wie aus der Pistole geschossen verneinte.

»Chefin, das ist ein verfluchter Ort. Germanische Priester haben den Oschenberg verflucht und gehen dort heute noch um. Das ist kein Ort, um einen ägyptischen Gott zu beschwören. Wenn ich an so einen Götterquatsch glauben würde, dann wäre der Oschenberg meine allerletzte Wahl. Da müsste ich ja Angst haben, dass die Germanen meine Beschwörung stören oder gar verhindern.«

»Lotte, das klingt ja alles durchaus logisch, was du da erzählst. Aber wo würdest du dann Apophis beschwören? Wenn wir die Kerle nicht finden, werden die weiter-machen.«

Jetzt mischte Stefan sich ein. »Bis jetzt haben wir keinerlei Hinweise darauf, dass ein anderes Mädchen entführt wurde. Vielleicht machen wir uns ganz umsonst verrückt? Lasst uns über die Tattoos und das Phantombild versuchen, an die Spinner ran zu kommen.«

Fast den ganzen Nachmittag starrten sie also auf ihre Bildschirme, ohne einen nennenswerten Erfolg verbuchen zu können. Schließlich sah Julia auf die Uhr und erklärte, dass sie dringend eine Pause benötigte. »Ich radel schnell zum RW21, ich muss noch zwei Bücher in der Stadtbücherei zurückgeben. Soll ich euch was zu essen mitbringen? Bratwürste vielleicht oder ein Leberkäsbrötchen vom Wiesenmüller?«

Ihre Kollegen winkten ab, und Julia schwang sich auf ihr Rad. Lange würde sie nicht unterwegs sein, aber die kleine Auszeit war nötig. Fürsorglich strich sie über ihr größer werdendes Bäuchlein, dann fuhr sie los. Es war nur ein Katzensprung von ihrer Dienststelle zur Richard-Wagner-Straße, und so hatte sie bereits nach wenigen Minuten ihre Leihbücher zurückgegeben. Da klingelte ihr Handy, und überrascht nahm sie ab. »Stefan? Was gibt es denn? Ich bin gleich wieder da.«

»Nein, du musst noch schnell in die PI Stadt, das ist doch gleich um die Ecke. Die haben grad angerufen, es gibt vielleicht was Neues zum Entführungsfall, ein Mädchen wird vermisst, da wollten sie uns hinzuziehen. Und weil du quasi direkt dort bist, könntest du doch gleich mit zur Zeugenaussage dazukommen.«

Julia stieß überrascht die Luft aus. »Scheiße, Stefan! Dann haben wir jetzt wohl echt den Super-GAU. Ich bin sofort dort. Wartet ihr auf mich?«

»Klar. Bis später!«

Sie ließ ihr Rad direkt vor dem RW21 stehen und lief die paar Schritte in die Werner-Siemens-Straße. Vermutlich hätte es länger gedauert, das Rad auf- und abzusperren. Ein uniformierter Kollege empfing sie eher unfreundlich, und auf ihre Frage nach dem Entführungsfall deutete er nur kurz auf eine geschlossene Tür.

»Da ist der Mann drin. Ein Mädel hat er dabei, ein zweites ist wohl vermisst.«

Julia nickte knapp und steuerte sofort auf die Tür zu. Kurzes Klopfen, dann trat sie ein und –

***

Jan saß einem Beamten gegenüber, neben ihm ruckte Marcella von ihrem Stuhl hoch, als sie Julia erkannte.

»Julia! Gott sei Dank bist du da. Cat ist verschwunden, du musst sie finden!«

Marcella lief auf Julia zu und umarmte sie stürmisch, was Julia mit versteinertem Gesicht mit sich machen ließ. Sie hatte nur einen kurzen Blickwechsel mit Jan gehabt, dann sofort weggesehen. Innerlich verfluchte sie den Kollegen, der sie hereingeschickt hatte, ohne einen Namen genannt zu haben. Hätte sie doch nur nachgefragt, dann hätte sie sich innerlich wappnen können. Hätte, hätte … Jetzt war sie einem Tornado der Gefühle hilflos ausgesetzt, wusste weder wohin sie schauen, noch was sie sagen sollte. Schließlich erwiderte sie Marcellas Umarmung, bevor sie das Mädchen sanft von sich wegschob.

»Hallo Marcella. Hallo Jan. Erzählt ihr mir bitte genau, was eigentlich passiert ist?«

Jan, schneeweiß im Gesicht, starrte auf Julias Bäuchlein, ohne zu antworten. Es war Marcella, die unbefangen drauflos erzählte.

»Du weißt doch, dass Bagheera verschwunden ist. Wir haben uns heute Nachmittag getroffen, um sie zu suchen. Jan wollte uns helfen, weil er heute frei hat. Wir haben uns aufgeteilt und wollten das Viertel oben am Brannaburger absuchen. Um halb vier wollten wir uns wieder treffen, an der Sprachheilschule. Cat ist nicht gekommen und ans Handy geht sie auch nicht.«

»Habt ihr bei ihr daheim nachgefragt?«

»Na klar, wir sind hin und haben geklingelt, sie wohnt ja nicht weit von der Schule. Aber da war sie nicht. Ihre Eltern sind gar nicht da, die sind nach Russland gefahren, weil es ihrer Oma wohl ganz schlecht geht. Deswegen wohnt Cat ja ein paar Tage bei mir, aber da war sie auch nicht. Bei ihrer Mutter ist nur die Mailbox dran, weiß der Geier, wo die überhaupt genau sind und ob sie da Netz haben. Und da sind wir sicherheitshalber gleich zur Polizei. Ich kenne Cat jetzt so lange, aber das ist gar nicht ihre Art, einfach nicht kommen, nicht absagen und auch nicht ans Handy gehen. Da stimmt was nicht! Bitte, Julia – du musst sie finden!«

Für den Bruchteil einer Sekunde fragte Julia sich, ob die beiden Mädchen da nur etwas inszeniert hatten, damit sie und Jan sich wieder trafen. Aber ein Blick in Marcellas beunruhigtes Gesicht ließ sie diesen Verdacht sofort wieder vergessen. Da war nichts gespielt, das war echte Sorge. Sie holte tief Luft und wandte sich an Jan. Es zerriss ihr fast das Herz, ihn wiederzusehen. Sie liebte ihn immer noch so sehr, das merkte sie in diesem Moment deutlich. Am liebsten wäre sie hinübergelaufen und hätte sich in seine Arme gestürzt, gehalten und getragen von seiner Stärke und Zuversicht, die er stets ausgestrahlt hatte, seit ihrer ersten Begegnung. Aber sie durfte nicht, er sollte frei sein, er wollte keine eigenen Kinder. Nein, sie wollte nicht der Klotz an seinem Bein sein, der ihn ein Leben lang einschränkte. Sie wollte nicht erleben, wie Liebe in Verachtung umkippte. Sie musste selbst stark bleiben, wie schwer ihr das auch fiel. Ein zweiter tiefer Atemzug.

»Und du, Jan? Weißt du mehr? Irgendetwas? Denkt bitte beide nach. Egal, wie unwichtig es euch erscheint. Habt ihr jemanden gesehen, als ihr euch getrennt habt? Ist euch irgendjemand aufgefallen, der sich seltsam verhalten hat?«

Jan Keller antwortete nicht. Sein Blick hing immer noch an Julias Bauch, allerdings hatte seine Gesichtsfarbe jetzt von ungesunder Blässe zu ebenso ungesundem Dunkelrot gewechselt. Was er wohl gerade dachte? Nein, jetzt war nicht der richtige Zeitpunkt, um sich darüber Gedanken zu machen. Jedenfalls musste sie ihm nicht mehr verheimlichen, dass er Vater wurde. Immerhin.

»Gar nichts?«, hakte Julia nach, suchte seinen Blick, doch er wich aus. Fast trotzig war die Bewegung, als er seinen Kopf schüttelte. Und wieder war es Marcella, die sich zu Wort meldete.

»Doch, da war noch was. Als wir uns getrennt haben, habe ich noch mitbekommen, dass sie ein Suchplakat an einer Laterne aufgehängt hat. Und da ist ein Mann auf sie zu und hat sie angesprochen.«

Julia pfiff erstaunt durch die Zähne. »Marcella, wie hat er ausgesehen? Kannst du ihn beschreiben?«

»Ich hab ihn ja nur von Weitem gesehen. Deshalb weiß ich nichts Genaues. Nur, dass er die Haare so schulterlang hat« – sie zeigte mit dem Finger die Länge. »Und braungebrannt war der – entweder Südländer oder gerade aus dem Urlaub zurück.«

Julia bekam Herzklopfen vor Schreck. Das waren zu viele Parallelen, um an einen Zufall zu glauben. Das klang stark nach Bees Entführer.

»Wie alt war der Mann denn ungefähr?«, wollte sie wissen.

Doch Marcella schaute nur ratlos drein.

»So was kann ich schlecht schätzen. Schon erwachsen, aber nicht richtig alt. Also, jünger als Jan.«

»Na, ein Opa ist dein Trainer ja wohl auch nicht«, mischte sich der Beamte ein, der bisher nur zugehört hatte, seit Julia den Raum betreten hatte. Doch Jan knurrte nur etwas Unverständliches. Langsam wurde Julia sauer. Sie war genauso überrascht wie er über das unerwartete Zusammentreffen, und trotzdem musste sie funktionieren, ihre Arbeit möglichst gut machen. War es zu viel verlangt, dasselbe auch von ihm zu erwarten?

»Jan, jetzt sag du doch bitte auch mal was. Hast du diesen Mann auch gesehen? Oder sonst wen?«

Jetzt endlich öffnete Jan den Mund, wenn auch nur für ein brummiges »Nein, weder den noch sonst wen. Ich hab die Katze gesucht.«

Julia seufzte. »Okay, dann wird mein Kollege noch ein Protokoll aufnehmen. Und Marcella, du beschreibst mir jetzt bitte ganz genau die Stelle, wo das passiert ist mit dem Mann.«

Während Marcella und Jan ihre Aussagen zu Protokoll gaben, kümmerte Julia sich bereits darum, dass Kollegen zu besagter Laterne fuhren und dort nach Spuren suchten und die Anwohner befragten. Julia selbst blieb noch in der PI, sie war Jan mehr als nur eine Erklärung schuldig. Der Trainer jedoch stürmte an ihr vorbei und auf den Gehsteig hinaus, als hätte er sie nicht bemerkt. Irritiert lief sie ihm hinterher.

»Jan – warte doch bitte. Ich muss mit dir reden. Bitte!«

Julia wollte ihn festhalten, griff nach seinem Arm, doch er zuckte zurück, als hätte sie ihn verbrannt.

»Lass mich! Ich wüsste nicht, was wir noch reden müssten. Du warst die, die Schluss gemacht hat. War ich dir im Weg bei deinen Schwangerschaftsplänen? Ist mir jetzt auch egal. Zu reden gibt es nichts mehr.«

Wütend drehte er sich weg, aber Julia ließ sich nicht abwimmeln.

»Wie meinst du das denn, Jan? Im Weg? Lass mich doch erklären … «

»Da ist nichts zu erklären. Ist mir auch völlig egal, ob du nach Tschechien gefahren bist dafür oder nur ins Kinderwunschzentrum in der Richard-Wagner-Straße. Das ist deine Entscheidung und aus. Lass mich in Zukunft in Ruhe!«

»Aber Jan – wir müssen Cat finden. Da müssen wir an einem Strang ziehen«, flüsterte Julia.

»Gib den Fall ab, dann müssen wir das nicht«, antwortete er tonlos, bevor er die Kommissarin endgültig stehen ließ.

Julia brauchte ein paar Minuten, bis sie sich gefangen hatte und zu ihrem Rad zurücklaufen konnte. Sie fühlte sich wie in Watte, wie im Nebel, merkte kaum, dass Marcella ihr nachkam.

»Julia, bleib doch mal stehen!«

Das Mädchen schnaufte kaum, obwohl sie gerade gespurtet war. Jans Training war auf gute Kondition aufgebaut. Energisch wischte Julia die beiden Tränen ab, die ihr über die Wangen liefen, bevor sie sich zu Marcella umdrehte.

»Marcella, ich werde mein Bestes tun, um Cat zu finden. Das verspreche ich dir.«

Marcella winkte ab. »Das weiß ich doch, Julia. Kann ich noch irgendwas machen, dir helfen?«

»Nein, außer wenn dir noch was einfällt. Und sollte Cat sich melden, dann sagst du bitte sofort Bescheid. Okay?«

»Klaro. Das ist doch selbstverständlich. Aber was ist mit dir? Du kriegst ein Baby? Was sagt Jan dazu? Und warum seid ihr dann getrennt? Ein Baby braucht doch beide Eltern«, sprudelte sie heraus. Prompt liefen bei Julia wieder die Tränen.

»Nein, ein Kind braucht nicht unbedingt beide Eltern. Manchmal ist es besser so. Und von dir erwarte ich, dass du Jan mit dem Thema komplett in Ruhe lässt, verstanden?«

Julias Blick war wohl sehr grimmig, denn die sonst stets vorwitzige Marcella nickte erschrocken.

»Gut, dann fährst du jetzt heim und passt auf, nicht dass dir auch noch was passiert. Bis bald.«

Mechanisch schloss Julia ihr Fahrrad auf, schob es bis zum Sternplatz, schwang sich dann in den Sattel und fuhr zurück zu ihrem Büro, ohne das holperige Kopfsteinpflaster in der Ludwigstraße zu bemerken. Erst als sie wieder an ihrem Schreibtisch saß, spürte sie ein leises Ziehen im Bauch, wohl ein Zeichen, dass alles ein wenig viel für sie gewesen war. Aber das würde bald vergehen – im Gegensatz zu dem starken Ziehen an ihrem Herzen.

Äußerlich beherrscht berichtete Julia, was passiert war. Als Stefan den Namen Jan Keller hörte, zuckte er kurz zusammen, aber da Julia offenbar unbeteiligt weiterredete, sagte er nichts. Erst als sie zu Ende erzählt hatte, meinte er:

»Jetzt haben sie also Cat. Damit wird das jetzt eine persönliche Sache. Julia, willst du den Fall abgeben?«

Sie schüttelte stumm den Kopf, brach dann aber plötzlich in Tränen aus. Lotte erschrak über diesen Ausbruch, sprang zu Julia und legte ihr den Arm um die Schultern.

Das bewirkte allerdings, dass Julia jetzt endgültig herzzerreißend losschluchzte und sich nicht mehr beruhigen ließ. Lotte warf Stefan einen hilfesuchenden Blick zu, und er stand jetzt auch auf, kam an Julias Schreibtisch, hielt ihr eine Packung Taschentücher hin und legte ihr den Zeigefinger unters Kinn, sodass sie ihn ansehen musste.

»Julia, was war noch? Erzähl mir nicht, dass du nichts weiter mit Jan geredet hast«, forschte er nach.

»Er weiß jetzt, dass ich schwanger bin.«

»Das war zu erwarten, wenn er dich angeschaut hat. Und wäre früher oder später eh passiert. Wie hat er reagiert?«

Julia schüttelte unwillig seine Hand ab und schnäuzte sich ausgiebig, bevor sie sich in nichtssagende Phrasen rettete.

»Wie soll er schon reagieren. Er will ja keine Kinder«, versuchte sie sich herauszureden. Aber ihr Kollege kannte sie besser, als ihr lieb sein konnte.

»Julia, raus mit der Wahrheit. Was war los?«

»Er denkt, ich hab mit ihm Schluss gemacht, um mich künstlich befruchten zu lassen. Das war los.«

Lotte bekam große Augen, Stefan schnaufte kurz und heftig ein.

Dann suchte er bedächtig nach den richtigen Worten.

»Na ja. Kann man es ihm verdenken? Er hat immer gedacht, du kannst keine Kinder kriegen. Und er wusste, wie sehr du darunter gelitten hast. Dazu kommt: Man sieht dir noch nicht wirklich so viel an. Dein Babybauch geht locker mit vier, sechs Wochen weniger durch. Und damit macht seine Reaktion schon irgendwie Sinn, aus seiner Sicht zumindest. Hast du ihm reinen Wein eingeschenkt?«

»Nein, natürlich nicht. Er hat mich ja kaum zu Wort kommen lassen, hatte sein eigenes Bild und nur das zählt für ihn. Egal, ich hab es ja so gewollt, also muss ich da durch. Außerdem haben wir einen Fall zu lösen. Wir müssen Cat finden, bevor ihr etwas passiert. Alles andere ist aktuell zweitrangig.«

Energisch wischte sie ihre Tränen ab, schüttelte die dunklen Haare nach hinten und setzte sich kerzengerade an ihren Schreibtisch. Stefan nickte ihr zu. »Meine Meinung zu dem Thema kennst du. Rede mit Jan. Aber es stimmt schon – zuerst müssen wir alles daran setzen, Cat zu finden.«

Lotte ging zu ihrem Schreibtisch, ließ sich auf den Drehstuhl fallen und rollte schwungvoll zu Julia zurück.

»Mag ja sein, dass es mich nichts angeht«, meinte Lotte. »Und ich weiß auch viel zu wenig über dich und diesen Jan. Aber eines weiß ich sicher: Für ein Kind ist es besser, wenn es beide Eltern um sich hat. Mein Großcousin aus Lehen, der hat ungewollt seine Freundin geschwängert. Und als sie es ihm gesagt hat, da ist er erst mal auf und davon. Angst vor der Verantwortung. Er war erst 22 und hat sich viel zu jung gefühlt für Ehe und Kinder. Zwei Jahre später hat es dann doch wieder gefunkt zwischen den beiden. Und weißt du was? Der kleine Sohn von ihr, der hat bis dahin jede Nacht geweint und gebrüllt ohne Punkt und Komma, sie war schon ganz verzweifelt. Aber kaum waren die beiden wieder zusammen – hat er durch-geschlafen! Ich sag euch: die Kinnerla spürn des genau.«

Julia winkte genervt ab. »Also, Lotte. Erstens war das bestimmt Zufall und der Knirps hätte eh zu der Zeit nachts geschlafen. Und zweitens hat Jan mir gesagt, dass er keine eigenen Kinder will. Klarer geht's ja wohl nicht, oder? Und jetzt an die Arbeit!«

Kapitel Sieben - Dienstag Abend

Fred Sperling war wütend. Wütend auf seine Tochter, die sich offenbar mit jedem dahergelaufenen Kerl einließ. Wütend auf seine Frau, die es überhaupt durch ihre grottenschlechte Erziehung so weit hatte kommen lassen. Nicht wütend auf sich selbst, denn er war offenbar der Einzige mit einem klaren Kopf, einem glasklaren Verstand – kurzum: Der Einzige, der überhaupt wusste, worum es eigentlich ging im Leben.

Das wusste auch diese dämliche, schwangerschaftsverblödete Kommissarin nicht, die nur dummes Zeug geredet hatte und ihm vorschreiben wollte, was er tun und lassen durfte. Ein zweites Mädchen gefährden, wenn man die Mainwelle ins Boot holte? So ein Quatsch! Wenn man die Medien schnell genug einschaltete, konnte eine zweite Entführung verhindert werden. Den Entführer selbst gefährden? Noch größerer Quatsch! Und selbst wenn, der Kerl hätte es ja wohl nicht besser verdient.

Zeit, die Sache selbst in die Hand zu nehmen. Entschlossen wählte Fred Sperling die Nummer von Radio Mainwelle. Doch was er da zu hören bekam, gefiel ihm überhaupt nicht.

»Herr Sperling, wir können Ihre Motive gut verstehen. Aber bitte verstehen Sie umgekehrt auch, dass wir so etwas nicht ohne weiteres veröffentlichen können, zumal, wenn die Polizei bereits eingeschaltet ist. Wir müssen zuerst Rücksprache mit der Kripo halten. Die werden uns das Ganze ja sicherlich bestätigen und auch ihr Okay geben, wenn das ermittlungstaktisch geboten ist. Bis dahin können wie leider nichts für Sie tun. Schönen Abend noch.«

Beim Nordbayerischen Kurier lief es nicht viel anders. Verärgert köpfte Fred Sperling eine Flasche Bier und zündete sich eine Zigarette an. Frau und Tochter waren im Rotmaincenter unterwegs, also konnte er ungestraft im Wohnzimmer rauchen. Er knallte die Füße auf den Couchtisch, ließ das kühle Bayreuther Hell in seine Kehle fließen und überlegte angestrengt. Was konnte er noch unternehmen? Wie konnte er helfen, den Kerl zu fassen, der seine Tochter entführt hatte? Radio hatte er probiert, Zeitung auch. Blieben die sozialen Medien, mit denen er eigentlich nicht viel am Hut hatte. Anstandshalber war er bei Facebook zu finden. Seine Frau hatte darauf bestanden, als sie selbst sich angemeldet hatte. »Fred, das ist so klasse – da findest du alle Leute, mit denen du jemals was zu tun gehabt hast«, hatte sie begeistert gezwitschert. Ihr zuliebe hatte er also mitgemacht, aber nie so fanatisch wie Frau und Tochter. Seine Freundesliste war überschaubar, die Aktivitäten nur spärlich. Doch das würde er an diesem Abend ändern.

Entschlossen setzte er sich an seinen Laptop, öffnete sein Schreibprogramm und hämmerte erbittert auf der Tastatur herum. Es dauerte geraume Zeit, bis er mit seinem Pamphlet zufrieden war. Zeit, die Facebookseite aufzurufen und sich auf die Suche nach Mainwelle, Kurier und sonstigen dort vertretenen lokalen Medien zu machen.

Eine Dreiviertelstunde später klappte er zufrieden den Laptop zu, ging zum Kühlschrank und holte sich noch ein Bayreuther Hell. Jetzt konnte er nichts mehr tun, als zu warten. Und sich sein Bier schmecken zu lassen.

***

Sein Entschluss war gefasst. Letzte Nacht hatte er lange wachgelegen und darüber gegrübelt, ob das, was er vorhatte, wirklich die richtige Entscheidung war. Wenn es funktionierte, dann, ja dann, hatte er einige grobe Schnitzer, die er sich im Lauf der letzten Jahre geleistet hatte, wieder ausgemerzt. Dann konnte er sich insgeheim als Heilsbringer, als kleinen Messias feiern. Er würde es nicht an die große Glocke hängen, auf gar keinen Fall. Er war zwar kein Feigling, aber jetzt musste er durchaus seinen Mut zusammennehmen, um das tatsächlich durchzuziehen. Es war richtig, es musste einfach richtig sein.

Er schnappte sich den Schlüssel seines BMW und stieg ein. Lenkte den Wagen auf die A9 und ließ sich ab der Ausfahrt Bayreuth-Nord von seinem Navi leiten. Fuhr in die Hammerstatt und hielt vor einem unscheinbaren Mehrparteienhaus in der Haydnstraße an. Stieg aus, suchte am Klingelschild den passenden Namen, klingelte vergeblich. Sah kurz auf seine Armbanduhr, lehnte sich an sein Auto und genoss die tiefstehende Sonne, die noch kraftvoll wärmte, ohne jedoch zu brennen.

Es dauerte nur etwa zwanzig Minuten, aber er hätte auch noch viel länger gewartet. Erstens waren es sehr gemütliche Rahmenbedingungen, und zweitens war er wild entschlossen.

Doch jetzt kam ein Radfahrer auf dem Gehsteig daher, bremste ab und steuerte auf den schmalen gepflasterten Zugang der Hausnummer 9 zu. Noch bevor er sein Fahrrad abgeschlossen hatte, wurde er überraschend angesprochen.

»Herr Keller? Jan Keller?«

Jan blickte irritiert hoch, direkt in das Gesicht eines ihm völlig unbekannten Mannes, ungefähr im gleichen

Alter, jedoch wesentlich weniger sportlich wirkend als der muskulöse Eishockeytrainer.

»Ja, wer will das wissen?«, fragte er.

»Reisenbach, Bernd Reisenbach«, stellte sich sein Gegenüber mit erwartungsvollem Unterton vor. Doch bei Jan klingelte nichts.

»Entschuldigung?«

Bernd seufzte. »Sie hat nicht über mich gesprochen, stimmt's? Bernd. Der geschiedene Mann von Julia.«

Jans Gesicht verfinsterte sich schlagartig, als er Julias Namen hörte.

»Ach, der Berndy. Stimmt, sie hat nicht über Sie gesprochen. Nur Julias Mutter hat in den höchsten Tönen von Ihnen geschwärmt. Aber was führt Sie ausgerechnet zu mir?«, wollte Jan wissen.

»Vielleicht können wir das drinnen besprechen?«, schlug Bernd vor. Aber da biss er bei Jan auf Granit.

»Wenn es so wichtig ist, dass wir was besprechen, dann bevorzuge ich neutrales Gelände. Haben Sie schon zu Abend gegessen?«

»Nein. Gibt es hier in der Nähe ein Lokal? Und steigen Sie mit mir ins Auto oder ist Ihnen das zu suspekt?«

Jan lachte grimmig. »Das werde ich schon überleben. Wie wär's mit indisch? Da ist ein gutes Lokal in der Alexanderstraße. Ich kann Sie hinlotsen.«

»Klingt gut. Kommen Sie, steigen Sie ein.«

Die Fahrt verlief schweigend, abgesehen von Jans Anweisungen. Und das waren nicht viele. An der Kreuzung zur Albrecht-Dürer-Straße links, dann geradeaus bis über den Ring hinüber, dann waren sie schon fast da und hatten auch noch das Glück, einen freien Parkplatz quasi vor der Haustür zu finden.

Im Hinterhof waren fast alle Tische belegt, aber auch da war das Glück ihnen hold und sie bekamen noch einen freien Tisch in einer Ecke, wo sie ungestört würden reden können.

Beide Männer entschieden sich für ein leichtes Weizen, und während sie auf ihr bestelltes Essen warteten, prostete Bernd seinem Gegenüber nachdenklich zu.

»Ich hoffe sehr, dass ich das Richtige mache«, meinte er nach einem tiefen Schluck. Auch Jan trank von seinem Bier, weniger aus Durst, als um seine Verlegenheit zu überspielen. Was zum Geier wollte Julias Ex wohl von ihm? Ausgerechnet heute, wo er eh schon zu viel Ungutes erlebt hatte?

»Wollen wir das mit dem Sie nicht bleibenlassen?«, schlug Bernd vor. Offenbar wusste er nicht so recht, wie er anfangen sollte, und auch diese Frage war aus Verlegenheit gestellt. Als Jan knapp nickte und sein Glas hob, stießen die beiden an. Wieder suchte Bernd nach dem richtigen Einstieg.

»Julia ist schwanger«, platzte er dann heraus, worauf Jans Gesicht versteinerte.

»Ich weiß«, knurrte er.

»Und?«

»Nichts und. Was hast du damit zu schaffen?«

Bernd seufzte. »Glaub mir, ich hab in meiner Ehe genug Mist gebaut. Und jetzt will ich versuchen, wenigstens einiges wieder gutzumachen.« Er trank noch einen Schluck.

Jan starrte ihn an, wütend auf sich selbst, weil er sich so aus der Ruhe bringen ließ. Wütend auf Bernd, weil der ihm ein Gespräch aufdrückte, das völlig unnötig war. Und wütend auf Julia, die ihn so hintergangen hatte.

»Was weißt du noch?«, wollte Bernd jetzt von Jan wissen. Doch in diesem Moment kam der Kellner mit ihrem Essen, und Jan war vorerst von einer Antwort entbunden.

Sie aßen schweigend und mit viel weniger Genuss, als das Essen verdient gehabt hätte. Aber beiden ging so viel im Kopf herum, dass sie kaum schmeckten, was ihnen da warm und würzig den Magen füllte. Urplötzlich war die Erinnerung an jenen Tag im Januar wieder für Jan präsent, als es Julia gewesen war, die hier gegessen hatte. Später am Tag waren ihre Eltern überraschend bei ihr aufgetaucht, er ebenfalls, und Julias Mutter hatte kein gutes Haar an ihm gelassen. Egal, vorbei.

Bernd legte sein Besteck auf den leeren Teller, wartete noch, bis Jan ebenfalls den letzten Bissen gegessen hatte, und wiederholte dann seine Frage von vorhin. Jetzt gab es keine Ausflüchte mehr.

»Was soll ich denn noch wissen? Julia hat mit mir Schluss gemacht und sich offenbar danach künstlich befruchten lassen. Keine Ahnung, vielleicht ist sie ins Kinderwunschzentrum hier gegangen. Oder sie ist nach Tschechien gefahren, vielleicht ist es dort billiger. Ich weiß nicht mal, ob die Kasse so was zahlt. Und wenn, ist es mir auch egal. Wer weiß, wie lange sie das schon geplant hatte. Sie hat wohl gedacht, ich stehe ihren Plänen im Weg.«

Bernd starrte sein Gegenüber verblüfft an. Er wusste nicht, sollte er lachen oder mit der Faust auf den Tisch hämmern. Schließlich entschied er sich für tiefes Durchatmen, was ihn wieder beruhigte.

Er wählte seine Worte mit Bedacht aus:

»Jan, bist du nicht auf die Idee gekommen, dass du der Vater bist?«

Jetzt lachte Jan so bitter und hart, dass Bernd fast schauderte. In diesem Moment spürte er: Jan zum Feind zu haben, das wäre mit Sicherheit kein Vergnügen. Trotzdem erwiderte er Jans Blick so fest, dass dieser schließlich die Augen niederschlug.

»Du meinst das tatsächlich ernst? Wie kommst du auf so eine Idee? Und woher weißt du überhaupt, dass sie schwanger ist? Ich dachte, ihr habt keinen Kontakt mehr, und ich weiß es ja selbst erst seit heute«, murmelte Jan.

Bernd trank noch einen Schluck von seinem Weizen, es schmeckte mittlerweile schon etwas schal. »Es hat sich zufällig ergeben. Ich war in der Nähe und habe spontan bei ihr vorbeigeschaut. Zum ersten Mal, seit sie wieder nach Bayreuth gezogen ist – falls du das auch wissen willst. Sie war völlig überrascht. Und dann haben wir geredet bis tief in die Nacht. Juli ist da völlig irrational, sie will nicht, dass du es weißt. Und indem ich dir das jetzt erzähle, begehe ich einen großen Vertrauensbruch. Kann sein, dass sie nie mehr ein Wort mit mir reden wird. Aber das ist die Sache wert, denn das ist zu wichtig. Kann es sein, dass du irgendwann mal ihr gegenüber geäußert hast, dass du nie eigene Kinder willst?«

Jan ruckte hoch, kerzengerade saß er jetzt da und überragte Bernd locker um einen Kopf. Man sah ihm die innere Anspannung an, fassungslos starrte er Bernd an.

»Ja, das habe ich. Weil sie sich so gequält hat mit ihrem unerfüllten Kinderwunsch. Da wollte ich nicht, dass sie obendrein noch denkt, sie könnte meine Erwartungen nicht erfüllen. Natürlich hätte ich nichts gegen eigene Kinder. Klar wäre das schön. Aber warum sollte ich sie noch mehr unter Druck setzen, als sie selbst es schon gemacht hat? Und was hat das alles damit zu tun?«

Bernd winkte dem Kellner, hob sein leeres Glas und zwei Finger.

»Was das damit zu tun hat? Eine ganze Menge. Aber da muss ich ganz woanders anfangen mit meiner Geschichte.«

Er unterbrach kurz und wartete, bis der Kellner die beiden neuen Weizengläser abgestellt hatte. »Wir beide, Juli und ich, wir wollten immer Kinder. Aber es hat einfach nicht geklappt. Sie war beim Frauenarzt, der hat nichts gefunden. Aber ich war so verbohrt, so überzeugt von mir selbst, dass ich ihr immer und immer wieder erklärt habe, es muss an ihr liegen, der Arzt muss was übersehen haben. Mit mir stimmt doch alles, ich muss doch nicht zum Doc. Und spätestens, als meine Sekretärin schwanger von mir war, da hat sie es dann auch geglaubt: Es liegt an ihr, sie ist es, die nicht funktioniert. Juli war völlig überzeugt davon, dass sie keine Kinder kriegen kann. Dabei stimmt das gar nicht – es hat nur zwischen ihr und mir nicht geklappt, warum auch immer. So. Dann kam sie mit dir zusammen, hat natürlich nicht verhütet, wozu auch? Aber es hat gar nicht lang gedauert und zack – war sie schwanger. Nur hast du ihr in der Zwischenzeit erzählt, dass du gar keine eigenen Kinder willst. Jetzt war sie in der Zwickmühle. Sie wollte dir auf keinen Fall ein Klotz am Bein sein, wollte nicht, dass du aus Pflichtgefühl ein Leben lebst, das du so nicht wolltest. Also – was war der einzig logische Ausweg?«

Bernd unterbrach sich, schaute Jan erwartungsvoll an. Der Trainer wurde erst blass, dann knallrot, rang nach Worten, fand keine. Also half Bernd ihm auf die Sprünge.

»Richtig. Sie schickte die Liebe ihres Lebens in die Wüste. Das bist nämlich du, nicht ich. Und jetzt freut sie sich zwar wie Bolle auf euer Kind, gleichzeitig ist sie aber auch todunglücklich, weil sie dich vermisst ohne Ende.«

Jan saß immer noch wie erschlagen auf seinem Stuhl, das frische Weizen stand unberührt vor ihm auf dem

Tisch. Bernd lehnte sich zurück, ließ seinem Gegenüber Zeit, um das alles zu verarbeiten, schaute hinauf zu den Balkonen der Nachbarhäuser. Fast alle waren bunt geschmückt, Blumenkästen hingen an den Geländern, Sonnenschirme und Klappstühle vervollständigten das Bild vom Sommer in der Stadt. Von einem der Balkone wehten leise Gitarrentöne herüber, und Bernd fühlte sich zurückversetzt in seine Studentenzeit, also er selbst am Lagerfeuer Gitarre gespielt und Julia damit gefangen hatte. Wie hatte sie damals lachend gesagt? ›Ich kann an keinem Mann vorbeigehen, der Musik macht.‹ Lang, lang ist's her. Er hatte viel kaputt gemacht, jetzt konnte er nur hoffen, dass es ihm gelang, einiges zu kitten. Er warf Jan einen kurzen Blick zu und räusperte sich verhalten. Das weckte den Trainer aus seiner Erstarrung.

»Du meinst, sie hat das alles nur gemacht, weil ich das damals gesagt habe? Ich wollte es ihr leichter machen, nicht ihr Leben zerstören.«

»Und dein Leben? Ist das auch zerstört, oder kommst du gut ohne sie klar?«

Jan lachte bitter auf, bevor er Bernd antwortete. »Als sie Schluss gemacht hat, bin ich gegangen. Ich war wie vor den Kopf gestoßen, wusste überhaupt nicht, wie mir geschah. Als ich wieder halbwegs klar denken konnte, habe ich alles Mögliche versucht, um Julia zurückzugewinnen. Aber sie wollte nicht, sie hat nicht mal mit mir geredet. Ich habe gebettelt um eine Erklärung, ich hab sie nicht bekommen. Ich habe gar nichts mehr von ihr bekommen. Irgendwann habe ich aufgegeben, aber überwunden habe ich das Ganze nicht. Heute habe ich sie zufällig getroffen, weil ein Mädel aus meiner Mannschaft verschwunden ist. Und wie's der Teufel will: Julia ermittelt in dem Fall. Sie wollte mit mir reden, aber ich hab abgeblockt. Ich Idiot!«

»Tja«, Bernd nahm noch einen großen Schluck. »Dann ist doch eigentlich alles klar. Fahr zu ihr und erkläre ihr, dass du sie liebst und dass das Gerede von wegen keine eigenen Kinder eben nur Gerede war. Ganz ehrlich: Ich hab damals auch mit dem Gedanken gespielt, ihr so was zu erzählen. Aber wir hatten ja vorher oft genug darüber geredet, dass wir beide gerne Nachwuchs hätten. Den Sinneswandel hätte sie mir nicht abgekauft. Ich kann dich aber gut verstehen. Sie in ihrem Elend zu sehen, das war nicht einfach.«

Nachdenklich nickte Jan, trank jetzt ebenfalls von seinem Bier, drehte das schlanke Weizenglas in der Hand und suchte nach einer Lösung, einem Ausweg aus der verfahrenen Kiste. Schließlich gab er sich einen Ruck.

»Ja, das muss ich wohl tun. Aber ich bin mir nicht sicher, ob ich nicht noch eine Nacht darüber schlafen sollte. Ich muss das alles erst verarbeiten.«

Kapitel Acht - Dienstag Nacht

Fred Sperling erwachte urplötzlich, kein langsames Hochdämmern aus dem Halbschlaf, sondern ein Herausgerissen werden aus tiefstem Tiefschlaf. Sein Herz raste, er brauchte einen Moment, um sich zu orientieren. Dann jedoch realisierte er, was ihn geweckt hatte. Ein feines, kratzendes Geräusch – da war es erneut. Vorsichtig schälte er sich aus dem Bett. Seine Frau nebenan würde eh nicht aufwachen, die schlief immer wie ein Stein. Aber wer auch immer das Geräusch verursacht hatte, sollte ihn nicht hören. Leise öffnete er die Schlafzimmertür, schlich hinaus in den Flur. Ein leiser Luftzug zeigte ihm an, dass er nicht geträumt hatte: Die Terrassentür war nur angelehnt. Barfuß tapste er hinaus in den dunklen Garten, versuchte, etwas zu erkennen. Vergeblich. Zwar leuchtete der Mond vom Himmel, aber er stand bereits tief im Westen. Der Schlagschatten des Hauses tat das Seine. Ob seine Tochter sich hinausgeschlichen hatte, mitten in der Nacht? Zutrauen würde Sperling ihr eine solche Aktion. Nur kurz fragte er sich, ob sie dann nicht zur Haustür hinaus wäre, da wurde ihm von hinten etwas aufs Gesicht gedrückt, er schnappte erschreckt nach Luft – und verlor das Bewusstsein.

Kapitel Neun - Mittwoch Vormittag

Julia hatte schlecht geschlafen. Sie schob es auf den nahenden Vollmond, aber natürlich wusste sie genau, dass es einen anderen Grund gab. Nein, zwei Gründe: Sie machte sich unendliche Sorgen um Cat, das schüchterne Eishockeymädel, vermutlich in den Fängen einer durchgeknallten Sekte, die von einem Irrsinnigen angeführt wurde. Und als wäre das noch nicht Grund genug, um kein Auge zuzumachen, kam noch das Aufeinandertreffen mit Jan dazu. Alte Wunden, die noch nicht einmal ansatzweise verheilt gewesen waren, wurden dadurch wieder aufgerissen. Und doch musste Julia jetzt all das beiseiteschieben, musste sie versuchen, emotionslos an den Fall heranzugehen.

Noch immer hatte sie keine Spur, keinen Hauch einer solchen. Keinerlei Ansatzpunkte für die Suche nach Cat. Sie würde heute als erstes die Berichte der SpuSi studieren, die hatten gestern noch die von Bee bezeichnete Scheune untersucht, und das Ergebnis vom Tiergehege stand auch noch aus. Vielleicht fand sich ja dort irgendein Anhaltspunkt, der zu der Sekte führen konnte. Außerdem würde sie nochmals mit Bee reden. Es war möglich, dass dem Mädchen gestern doch das eine oder andere Detail entfallen war, vor lauter Aufregung. Und dass sie sich heute besser erinnern konnte. Vielleicht hatte ja auch die Befragung der Anwohner rund um die Gegend, in der Cat verschwunden war, noch etwas ergeben?

Ansonsten konnte sie nur die Pfarrämter anrufen, in der Hoffnung, dass einer der Pfarrer etwas über Sektenaktivitäten in seiner Gemeinde mitbekommen hatte. Und natürlich würden sie weiter im Internet stöbern. Der Bonsai würde ihnen unter diesen Umständen vermutlich noch zwei Beamte zur Verfügung stellen oder gar eine Soko ins Leben rufen. Aber unter wessen Leitung? Hatte Jan recht gehabt, sollte sie den Fall abgeben? Befangen war Julia zweifellos. Doch inwieweit lag es daran, dass sie Cat persönlich kannte? Und inwieweit an dem Desaster um den Trainer, der wieder einmal in einen ihrer Fälle involviert war? Würde sie es schaffen, ihre persönlichen Ressentiments auszublenden? Sie, die meist mehr aus dem Bauch heraus ermittelte als aus dem Kopf?

All diese Gedanken beschäftigten Julia mehr als die halbe Nacht, und sie war heilfroh, als ihr Radiowecker anging und Bernd Rasser verkündete, dass in fünf Minuten die neuesten Nachrichten aus der Region gesendet würden. Wie jeden Tag würde sie die auch heute anhören und kurz nach halb sieben aufstehen, um in den Tag zu starten.

Was sie jedoch gleich darauf zu hören bekam, hätte sie sich in ihren schlimmsten Albträumen nicht ausgemalt. Da rettete auch der freundliche Plauderton Rassers nichts.

»Es besteht Grund zu der Annahme, dass in Bayreuth ein Gewaltverbrechen verübt wurde. Wie gestern Abend auf Facebook sowohl beim Nordbayerischen Kurier als auch bei der Mainwelle sowie anderen Medien-Accounts von einem besorgten Vater gepostet wurde, war seine 14-jährige Tochter wohl über Nacht verschwunden und behauptete hinterher, von Mitgliedern einer Sekte entführt worden zu sein, um einem ägyptischen Gott geopfert zu werden. Der Mann äußerte sich äußerst besorgt, dass eventuell weitere Mädchen verschwinden könnten. Wir von der Mainwelle bleiben da selbstverständlich für Sie dran, wollen aber, bevor wir weiter berichten, zuerst mit der Kripo Bayreuth Rücksprache halten.«

Den Wetterbericht hörte Julia schon nicht mehr, sie stand viel zu überstürzt auf, was das Baby prompt mit erbosten Tritten gegen Julias Bauch quittierte.

»Hilft dir nichts, Baby«, murmelte sie, während sie unter die Dusche hüpfte. »Wärst du mal kein Polizistenkind geworden, dann könntest du jetzt einen gemütlichen Start in den Tag genießen.«

Allzu oft verdrängte sie, dass sie schwanger war und eigentlich ein wenig Rücksicht darauf nehmen müsste. Auch wenn es ihr heiß ersehntes Wunschkind war, das da empört strampelte: Dienst ist Dienst, nach diesem Motto lebte Julia immer noch. Im Gegenteil, es ärgerte sie immens, dass alle in der Abteilung ständig davon redeten, sie solle doch jetzt endlich in den Innendienst gehen und die letzten Wochen vor dem Mutterschutz langsam angehen.

»Schwangerschaft ist weder eine Krankheit noch eine Behinderung«, pflegte sie dann schnippisch zu antworten. Namentlich der Bonsai hatte sich schon mehrfach die Finger verbrannt bei seinen gutgemeinten Ratschlägen. »Wie oft waren Sie eigentlich schon schwanger? Ach, noch gar nicht? Dann lassen Sie's einfach gut sein«, hatte Julia ihm erst neulich an den Kopf geworfen. Mittlerweile spürte sie allerdings selbst, dass vieles einen Tick langsamer ging als gewohnt. Vielleicht hatte es ja wirklich seinen Sinn, sechs Wochen vor der Geburt in Mutterschutz zu gehen – auch wenn sie das nach wie vor nicht plante.

Jetzt war jedoch keine Zeit für derartige Überlegungen. Sie musste sofort ins Büro. Dieser Sperling! Hoffentlich hatte er mit seiner Aktion nicht allzu viel Schaden angerichtet. Wenn die Sekte sich jetzt zu überstürztem Handeln gezwungen sah, standen die Aussichten schlecht, Cat rechtzeitig zu finden. Trotz der warmen Dusche lief es

Julia eiskalt den Rücken hinab bei dieser Vorstellung. Eilig machte sie sich fertig, schwang sich auf ihr Fahrrad und radelte stadteinwärts. Sie war sehr früh dran heute, aber es waren doch schon Schulkinder unterwegs zur Bushaltestelle, fröhliche, unbefangene Jungs und Mädchen. Jeder von ihnen hätte ebenfalls entführt werden können. Aber ausgerechnet Cat hatte es getroffen. Könnte Julia effektiver arbeiten, wenn das Opfer ein unbekanntes Mädchen wäre? Wenn sie nicht ausgerechnet Jan getroffen hätte, den Kopf frei hätte und auch das Herz? Sie wusste es nicht, aber sie würde mit Strasser reden. Vielleicht konnte der objektiver einschätzen, ob Julia den Fall lieber abgeben sollte.

Aber erstaunlicherweise winkte der Staatsanwalt nur ab, als sie ihn zehn Minuten später um Rat fragte. Er rührte versonnen in seiner dampfenden Kaffeetasse, schaute die Kommissarin prüfend an und schüttelte dann entschieden den Kopf.

»Nein, ich denke nicht, dass Sie das tun sollten. Ich bin dafür, dass Ihre Abteilung noch gehörig aufgestockt wird, um die Kleine zu finden. Eine Soko Katharina. Und ich bin auch dafür, dass Sie offen sind für alle Vorschläge, die von Ihren Kollegen kommen. Auch von Ihrer Praktikantin, die Dame macht auf mich einen gewieften Eindruck und könnte frischen Wind in die Ermittlungen bringen. Aber Sie, Frau Lehmann, sollten dranbleiben. Ich denke mal, dass niemand mit so viel Herzblut dabei ist wie Sie, weil Sie Katharina persönlich kennen. Das ist nicht zu unterschätzen. Sie werden das schaffen, davon bin ich überzeugt.«

Er nahm einen genießerischen Schluck, Julia beneidete ihn in diesem Moment glühend und hätte ihm am liebsten die duftende Tasse aus der Hand gerissen. Dann jedoch siegte die Vernunft bei ihr, sie würde später einen Früchte-tee trinken.

»Abgesehen davon mache ich mir zwar ebenfalls Sorgen – ich wollte nicht, dass Details an die Öffentlichkeit gehen. Katharina, der Entführer und nicht zuletzt diese Beatrix sind dadurch enorm gefährdet. Aber es besteht ja durchaus auch die Möglichkeit, dass sich jetzt Zeugen melden oder Personen, die den Entführer oder den Priester kennen. Ändern können wir es jetzt eh nicht mehr, also versuchen wir, das Beste daraus zu machen. Ich werde dann gleich mal mit dem Höreth von der Mainwelle telefonieren, damit dort was Sinnvolles gemeldet wird. Also, los.«

Eine unbestimmte Handbewegung bedeutete Julia, dass die Audienz beim Bonsai zu Ende war. Trotzdem war sie nicht hundertprozentig einverstanden mit seiner Sicht der Dinge. Daher fasste sie sich ein Herz, schüttelte energisch den Kopf und trat einen Schritt nach vorne.

»Herr Strasser, Ihr Vertrauen in allen Ehren. Ich bin gerne bereit, in diesem Fall weiter zu ermitteln. Aber die Leitung der Soko möchte ich lieber in den Händen des Kollegen Siems wissen. Wären das für Sie okay?«

Strasser musterte sie erstaunt. Julia war ranghöher als Stefan, daher hätte die Leitung ihr oder einem anderen Hauptkommissar zugestanden. Dass sie Stefan als Chef des Ganzen haben wollte, überraschte ihn im ersten Moment, aber bei genauer Überlegung musste er ihr recht geben. Siems kannte die Umstände besser als jeder Außenstehende, frisch Hinzugezogene. Daher nickte er bedächtig und antwortete:

»Ja, das wäre es. Sie trauen Ihrem Kollegen viel zu, ich verlasse mich auf Ihre Einschätzung. Also, los. Sie können ihm gerne schon Bescheid geben, die schriftliche Anordnung folgt dann per Mail.«

Julia grüßte kurz und ging hinaus. Aus den Augenwinkeln sah sie, wie er erneut einen Schluck Kaffee trank, genussvoll die Augen schließend. Sie verstand ihn gut, ohne Kaffee war es nicht einfach, zu funktionieren – zumal nach einer schlaflosen Nacht. Über sämtliche angeblichen Wehwehchen einer Schwangerschaft konnte Julia nur lachen; seit ihr nicht mehr ständig übel war, ging es ihr blendend damit. Nur ihren Kaffee vermisste sie nach wie vor schmerzlich. Keiner konnte ihr erzählen, dass Kaffee nicht süchtig machte. Aber es half ja nichts, dem Baby zuliebe entsagte sie tapfer.

Auch Lotte und Stefan waren mittlerweile eingetroffen. Während Stefan die Berichte der SpuSi durchblätterte, war die Praktikantin eifrig im Internet zugange und sammelte, was Vater Sperling auf Facebook von sich gegeben hatte, sowie die Kommentare unter seinen Beiträgen. Dabei schüttelte sie immer wieder ungläubig den Kopf.

»Des gibts doch ned, was die für an Schmarrn schreim. Horcht euch des amoll an: Die g'hören sich alle aufknüpft. Oder hier: wennst den Kerl kennst, sag Bescheid – ich hab mei Schrotflindn scho gladn.«

Julia seufzte. »Und da denkt der Bonsai, die würden uns weiterhelfen. Des will ich sehen, wo da der entscheidende Hinweis stecken soll. Stefan, was hast du für uns?«

Auch Stefan sah unzufrieden aus. »Nicht viel. Nicht genug. In der Scheune DNA-Spuren von mehreren Personen, aber keine bekannt. Immerhin eine Übereinstimmung mit den Spuren am Röhrensee. Damit dürfte ziemlich klar sein, dass diese Sekte, sprich: der Entführer, nicht nur hinter Bees Verschwinden steckt, sondern auch hinter der Hinrichtung des Ziegenbocks. Und vermutlich auch hinter den Grabschändungen, denn da haben wir dieses Ritual mit den Kerzen und Hieroglyphen als Übereinstimmung.

Aber das ist auch schon alles. Nachdem der Kerl nicht in der Datenbank ist, hilft uns das herzlich wenig. Julia, was hat denn Strasser sonst noch gesagt?«

»Na, das Übliche. Dass wir Verstärkung bekommen sollen für die Suche nach Cat. Dass wir offen sein sollen für Vorschläge. Dass du die Soko leiten wirst. Und – Lotte, hör weg! – er hat unsere Praktikantin gelobt. Also Frau Kerner, mach mal ein paar ergebnisorientierte Vorschläge.«

Lotte sprang begeistert von ihrem Stuhl auf und lief zu Julias Schreibtisch.

»Suchhunde, vielleicht erschnüffeln die was? Also dort, wo Cat zuletzt gesehen worden ist. Und ein Foto von Cat würde ich auch veröffentlichen, falls sie irgendwo zufällig gesehen wurde. Und es sind auf jeden Fall Leute, die nicht aufs Bürgerfest gehen. Das ist nämlich ab Freitag, und am Freitag ist Vollmond. Obwohl – das hilft uns auch nicht weiter«, erklärte sie resigniert.

»Handydaten! Vielleicht hatte der Entführer sein Handy an, und die Telekom kann uns weiterhelfen. Wenn ein und dasselbe Handy zu den maßgeblichen Zeiten an den verschiedenen Orten war – also da, wo Bee entführt wurde, bei der Scheune und da, wo Cat zuletzt war –, dann können wir vielleicht über die Handynummer herausfinden, wer der Entführer ist? Und wir sollten auch versuchen, etwas über den Verbleib von Bees Handy rauszufinden. Vielleicht führt uns das an den Ort, wo sie gefangen gehalten wurde?«

Lotte sprühte regelrecht vor Elan, und Julia nickte ihr anerkennend zu.

»Okay, dann ist das jetzt deine Aufgabe, Lotte. Kriegst du das gebacken, dass du eigenverantwortlich ermittelst, was über die Handys rauszufinden ist?«

»Na klar, Chefin! Und wenn nicht, dann schreie ich laut um Hilfe, okay?«

Und schon war Lotte an ihrem Schreibtisch, voller Energie und Tatendrang – die übermüdete Julia beneidete sie in diesem Moment wirklich. Allerdings war keine Zeit, sich mit solchen Gedanken zu befassen. Es gab Wichtigeres zu tun.

»Stefan, der Bonsai will mit dem Christian Höreth reden, damit die auf der Mainwelle was Vernünftiges durchgeben. Da wird es bald Anrufe hageln mit Hinweisen – ich möchte alles Relevante auf meinem Schreibtisch haben. Halt, nein! Du wirst alles Relevante auf deinen Schreibtisch bekommen«, zwinkerte sie ihm zu.

Stefan war mehr als irritiert über die unverhoffte Ehre. »Wie kommt der Bonsai denn auf diese verrückte Idee?«, wollte er wissen, aber Julia hielt sich bedeckt.

»Du weißt doch, dass mir das Ganze mit Cat an die Nieren geht, dazu noch der Zinnober mit Jan. Da ist es besser, wenn jemand die Soko leitet, der den Kopf frei hat. Ich glaube auch, dass du mehr Überblick hast als ich. Ich werde mich in Kleinigkeiten verzetteln, und das ist bei einem Wettlauf gegen die Zeit gar nicht gut.«

Dass sie es war, die ihn vorgeschlagen hatte, verschwieg sie. Sie wollte nicht, dass Stefan das Gefühl bekam, ihr etwas schuldig zu sein.

Es klopfte kurz, und ein junger Kollege kam herein. Julia kannte ihn nur vom Sehen.

»Morng, ich bin der Blechschmidt Fabian. Ich soll euch unterstützen in dem Entführungsfall.«

Sie atmete erleichtert auf. Verstärkung konnten sie gut gebrauchen.

»Ich bin die Julia, das ist der Stefan, er leitet die Soko. Und unsere Praktikantin Lotte.«

Stefan sah auf. »Fabian, du kannst dann gleich mal die Anrufe sortieren und alles Wichtige an mich weiterleiten. Außerdem die Kommentare auf Facebook im Auge behalten, ob da was Sinnvolles dabei ist. Ich telefoniere mit der Sektenberatung, vielleicht können die uns weiterhelfen in Sachen Apophis. Und Julia, du knöpfst dir bitte diese Bee und ihren Vater nochmal vor –«

Die Bürotür wurde schwungvoll aufgerissen, und wie auf das Stichwort hin stürzte Mutter Sperling herein. »Beatrix ist wieder weg, und das habe ich in ihrem Zimmer gefunden, der lag auf ihrem Kopfkissen.«

Weinend ließ sie sich auf einen Stuhl fallen und hielt der Kommissarin ein Blatt Papier hin, das diese vorsichtshalber nicht anfasste.

NÄCHSTES MAL IST SIE TOT!, stand darauf.

Julia fuhr hoch. »Sofort zur SpuSi damit, Fabian. Und Frau Sperling, seit wann ist Bee verschwunden?«

»Ich hab sie gestern Abend um zehn zuletzt gesehen«, schluchzte die Mutter.

»Und haben Sie versucht, Bee zu erreichen? Hat sie vielleicht gestern noch was gesagt, dass sie weg will? Zu ihrem Freund, diesem Luke? Oder zu ihrer Freundin?«

»Nein, sie hat nichts gesagt. Und ihr Handy ist aus. Herrje, vielleicht ist sie schon längst tot.« Frau Sperling konnte sich gar nicht beruhigen, zu schlimm war die Vorstellung, ihre Tochter könnte bereits geopfert sein.

Julia dagegen glaubte nicht so recht, dass der Priester Bee jetzt doch auserkoren haben sollte.

»Rufen Sie mal bitte bei Luke und bei Josy an, vielleicht wissen die mehr. Außerdem hat Bee doch gesagt, dass ihr Handy weg ist.«

Widerstrebend holte Frau Sperling ihr Handy heraus und wählte Lukes Nummer.

»Luke, weißt du, wo die Beatrix ist? – Was? Ihr verdammten Idioten, warum könnt ihr nie Bescheid geben, wenn sie bei dir übernachtet? Ich hab gedacht, sie ist schon wieder entführt –«

Julia bedeutete ihr, dass sie selbst mit Luke reden wollte.

»Hallo Luke, ich bin Kommissarin Lehmann. Habt ihr diesen Zettel auf Bees Bett gelegt?«

»Was für einen Zettel? Ich weiß von nix. Bee, hast du einen Zettel geschrieben?« Aus dem Hintergrund hörte man ein verschlafenes Nein.

Dann musste jemand bei den Sperlings eingebrochen sein, und dieser Jemand war höchstwahrscheinlich ein Mitglied der Sekte oder gar der Priester selbst.

»Frau Sperling, wo ist ihr Mann eigentlich?«

Die zuckte nur mit den Schultern. »Der werd auf der Ärberd saa. Ich griech des ned mit, wenna Frühschicht hat und ummara Viera aufsteht.«

Julia hatte auf einmal ein mehr als ungutes Gefühl, sie teilte diese Vermutung leider nicht.

»Können Sie ihn auf der Arbeit erreichen, Frau Sperling?«

Die nickte.

»Ja freilich, er hat ja sei Handy immer dabei. Moment –«, sie klingelte durch. Doch nichts passierte.

»Des versteh ich ned. Eichendlich müsserda hiegehn.«

»Rufen Sie in der Firma direkt an, ob er dort ist«, rief Julia alarmiert. Frau Sperling nickte hektisch und versuchte es dort. Sie wurde kreidebleich, als die Sekretärin ihr sagte, dass Fred heute Spätdienst hätte, also noch gar nicht da wäre. Julia sprang auf.

»Stefan, Lotte – kommt mit, wir fahren da hin. Und die SpuSi soll auch jemanden hinschicken. Frau Sperling, Sie bleiben hier. Können wir Ihren Hausschlüssel haben? Und

Fabian, sobald du was Relevantes hast, gibst du Stefan Bescheid!«

Es fiel ihr schwer, daran zu denken, dass es Stefan war, der jetzt Anordnungen geben sollte. Aber ihm ging es ebenso, und so akzeptierten sie Julias energisches Auftreten.

***

Das kleine Häuschen der Familie Sperling im Stadtteil Sankt Johannis lag friedlich im Sonnenschein. Eine Amsel flötete ihre Ode an den Sommer vom Dach herab, die Nachbarin hängte im Garten nebenan Wäsche auf. Irgendwo bellte ein Hund kurz auf, Bienen summten durch die Blumenrabatten. Alles in allem gab das Anwesen ein Bild ab, das man nicht mit Ritualmorden, Sekten und Entführungen in Verbindung bringen mochte. Als Julia Lehmann das Gartentürchen öffnete, schüttelte sie den Kopf über die absurde Situation. Hoffentlich täuschte sie sich, hoffentlich war Fred Sperling nur zum Einkaufen gegangen, ohne dass seine Frau es bemerkt hatte. Aber das ungute Gefühl in Julias Magengegend wollte nicht verschwinden, legte sich wie eine dunkle Wolke über das sonnendurchflutete Szenario.

Energisch liefen sie die wenigen Schritte zur Haustür, sperrten auf und riefen laut nach Herrn Sperling. Antwort bekam sie freilich keine, und so begannen Julia und Stefan, Raum für Raum nach Fred Sperling abzusuchen. Vergeblich, sie konnten ihn nicht finden. Auch in der Garage war niemand. Im Wohnzimmer fiel Stefan die Terrassentür auf, sie war nicht verriegelt, sondern nur angelehnt. »Julia, schau mal. Wer auch immer den Zettel auf Bees Bett gelegt hat, ist vielleicht hier rein und wieder raus.«

Julia nickte. »Ja, das klingt logisch. Die SpuSi soll sich das genauer ansehen. Komm, wir gehen außenrum in den Garten, kann sein, dass wir dort noch was finden.«

Die beiden verließen das Haus durch die Haustür und liefen im Schlagschatten der Wand nach hinten. Einen kurzen Moment blieb Julia stehen, schloss die Augen und nahm einen tiefen Atemzug. Es duftete umwerfend intensiv nach Rosen, kein Wunder bei der üppigen Blütenpracht. Am Hauseck wandt sich eine Kletterrose mit apricotfarbenen Blüten bis zum Dach hinauf, die Julia als Alchymist erkannte. Auch in den Beeten und Rabatten waren überall Rosen angepflanzt, und da es warm und windstill war, hüllte ihr Duft Julia regelrecht ein. Gerne hätte sie diesen Moment noch ausgedehnt, aber die Pflicht rief, und so steuerte sie geradewegs auf das kleine Gerätehäuschen zu, während Stefan zwischen Beeten und Sträuchern Ausschau nach Hinweisen hielt.

Wie ein böses Omen saß eine dicke, bläulichschwarz schillernde Schmeißfliege auf der Türklinke, träge hob sie ab und schwirrte davon, als Julia näherkam. Die Kommissarin schüttelte die Beklemmung ab, die urplötzlich von ihr Besitz ergriffen hatte. Kindisch, wie sie sich benahm. Das kam bestimmt von den Hormonen, die mit ihr eh oft genug machten, was sie wollten. Egal, sie legte die Hand auf die Klinke und zog entschlossen die Tür auf. Es dauerte einen Augenblick, bis Julias Augen sich an das Dämmerlicht gewöhnten und Einzelheiten wahrnehmen konnten. Spaten, Rechen und Schaufel waren rechts an die Wand gelehnt, Rasenmäher und Häcksler standen an der anderen Seite. Und auf dem Boden dazwischen ein lebloses Bündel Mensch, achtlos hingeworfen starrte Fred Sperling Julia aus gebrochenen Augen an.

»Stefan, komm schnell her!«, schrie Julia mit leicht überkippender Stimme. Sie hatte das Schlimmste befürchtet, aber trotzdem versetzte ihr der Anblick des toten Mannes einen leichten Schock. Aber dafür war jetzt keine Zeit, denn sie hörte von außen ein lautes Poltern und gleich darauf wildes Fluchen seitens ihres Kollegen. Alarmiert stürmte sie nach draußen, doch Stefan gab Entwarnung.

»Bin über die Rowerrn g'stolpert«, erklärte er zerknirscht und stellte den umgefallenen Schubkarren wieder hochkant an die Wand. Fast hätte Julia erleichtert gelacht, dann winkte sie Stefan heran.

»Ich habe ihn gefunden. Zu spät. Wir müssen Quincy anrufen«, seufzte sie resigniert.

***

Der Hobby-Pathologe erschien in Rekordzeit am Fundort der Leiche. Selbst die SpuSi, ein gutes Stück vorher angefordert, war nur knapp vor Doktor Kollrab eingetroffen. Der Arbeitseifer des Arztes grenzte schon an Begeisterung. Für ihn gab es nichts Schöneres, als zu einer unklaren Todesursache gerufen zu werden. Von daher war es nur logisch, dass er mittlerweile von den Leuten der Kripo den Spitznamen Quincy verpasst bekommen hatte, nach dem Helden seiner Lieblingsserie. Dass Kollrab noch immer als Allgemeinarzt in Bayreuth praktizierte, anstatt die Rechtsmedizin in Erlangen zu unterstützen, war nur damit zu erklären, dass er als waschechter Bayreuther nicht bereit war, die Stadt länger als für eine Urlaubsreise zu verlassen. Nichtsdestotrotz liebäugelte er doch immer mal wieder damit, sich in Erlangen zu bewerben. Derartige Schreiben wanderten dann allerdings doch stets in den kollrabschen Papierkorb anstatt in den nächsten Briefkasten.

Auch heute konnte der Hinzugerufene nur den Tod feststellen, fast schon euphorisch freute er sich, als Vater Sperling zur genaueren Untersuchung aus dem engen Häuschen ins Tageslicht befördert wurde.

»Wie schon innen vermutet: keine Zeichen äußerer Gewalteinwirkung. Keine sichtbaren Verletzungen. Aber nach einem natürlichen Tod sieht mir der Mann auch nicht aus. Ich tippe auf Vergiftung. Sehen Sie mal, diese verkrampfte Haltung, das ist nicht normal. Okay. Ich beginne jetzt mit der genaueren Untersuchung.«

Julia nickte ungeduldig. Was auch immer Fred Sperling getötet hatte, der jetzt im Schlafshorty vor ihnen lag – sie wollte wissen, wie das passiert war.

Während die SpuSi das komplette Anwesen unter Stefans Argusaugen gründlich auseinandernahm, war Doktor Kollrab mindestens ebenso gründlich bei der Untersuchung des Toten. Endlich machte er Julia mit einem triumphierenden Ausruf aufmerksam.

»Ha! Schauen Sie her, Frau Lehmann, das muss es sein!«

Julia kam heran und beugte sich ebenfalls über die Leiche, aber sie konnte nichts Ungewöhnliches entdecken.

»Tut mir leid, aber ich weiß nicht, was Sie meinen«, seufzte sie.

»Das macht nichts, das ist ja auch nicht Ihr Fachgebiet. Sehen Sie hier, sehen Sie diesen kleinen Punkt in der Ellenbeuge?« Kollrab deutete mit dem Finger auf die Stelle, und selbst jetzt musste Julia genau hinsehen, um zu erkennen, was er meinte.

»Das ist ein Einstich. Ich gehe stark davon aus, dass dem guten Mann etwas gespritzt wurde, was ihn getötet hat. Was genau, das wird wohl die Rechtsmedizin herausfinden. Leider bin ich da ja nicht mit von der Partie, aber ich freue mich jetzt schon auf den Bericht aus Erlangen.

Aber schauen Sie – der Arm hat eine interessante Verfärbung, hier.«

Sosehr Julia sich bemühte, sie sah keinen nennenswerten Unterschied zwischen Sperlings rechtem Arm und dem Rest seiner Leiche. So blieb ihr nichts übrig, als vage zustimmend zu nicken. Kollrab zog jetzt Sperlings Lippen leicht hoch und strahlte vor Begeisterung.

»Und hier – ganz wie ich vermutet habe. Der Mann wurde vergiftet. Hier sehen Sie Einblutungen an den Schleimhäuten, und auch die Augen –«, er schob mit dem Finger ein Augenlid nach oben, und diesmal konnte Julia blutunterlaufene Augen erkennen, »– auch hier leichte Einblutungen. Eindeutige Hämorrhagien.«

»Hämorwas?« Auch wenn Julia Kollrabs Begeisterung oft durchaus ansteckend fand, konnte sie mit seinem medizinischen Fachwissen und den damit verbundenen fachspezifischen Begriffen leider meistens nicht mithalten.

»Hämorrhagien, na Einblutungen eben. Das scheint mir ein Symptom der Vergiftung zu sein, an der Sperling offensichtlich gestorben ist. Was auch immer es war – und das werden wir auch noch herausfinden – also, was auch immer es war, es hatte Einfluss auf die Blutgerinnung. Und wenn ich mir seinen Arm so ansehe, würde ich mal vermuten, dieses Gift wirkt auch cytolytisch. Also zellzersetzend, für Sie als Laien.«

Julia reagierte nicht auf den kleinen Seitenhieb, sie versuchte fieberhaft, diese Informationen in das Puzzle um die Apophisjünger einzufügen. »Sagen Sie, Doktor Kollrab, könnte das ein tierisches Gift sein? Oder denken Sie eher an eine chemische Substanz?«

Sie gingen langsam ein paar Schritte weg, zurück in die heile Welt des Siedlungsgebietes mit gepflegten Einfamilienhäusern und akkurat angelegten Gärten. Julia fühlte die warmen Sonnenstrahlen auf ihrer Haut, hörte die Amsel singen, irgendwo schlug eine Autotür zu. Das Absurde dieses Mordes, dieses ganzen Falles, wurde dadurch noch unterstrichen.

Kollrab fingerte nach einer Zigarette, zögerte kurz, schaute Julia fragend an. Die nickte kurz, und er holte sein Feuerzeug heraus, nahm einen tiefen Zug, bevor er antwortete.

»Frau Lehmann, ich bin Mediziner. Weder Biologe noch Chemiker. Daher kann ich nur Vermutungen anstellen. Und die gehen definitiv in die Richtung eines tierischen Giftes. Dieser Wirkstoffkomplex, das spricht für Schlangen oder Spinnen. Zellzersetzende Gifte erleichtern die anschließende Verdauung. Außerdem bin ich mir sicher, dass bei der Untersuchung in Erlangen auch neurotoxische Wirkstoffe gefunden werden. Der gute Sperling hatte bestimmt massive Lähmungserscheinungen.«

Erst als Doktor Kollrab sich anschickte zu gehen, bemerkte Julia ihre Praktikantin, die an die Wand des Gartenhäuschens gelehnt auf die Leiche Sperlings starrte. Der Tote wurde mittlerweile zum Abtransport fertig gemacht, Lotte bewegte sich nicht, sondern ließ ihn nicht aus den Augen. Langsam trat Julia neben sie.

»Deine erste Leiche?«, fragte sie leise. Lotte erwachte aus ihrer Trance und nickte. Dann schüttelte sie den Kopf.

»Ja und nein. Die erste Leiche, die nicht hergerichtet und aufgebahrt ist. Der sieht so ganz anders aus als die Leichen im Tatort …«

Julia legte den Arm um sie. »Weniger blutig. Sei froh, dass er vergiftet wurde. Du wirst auch noch andere Leichen sehen.«

»Nein, das meine ich nicht. Er sieht aus wie eine Wachsfigur-Kopie von Sperling, die noch nicht geschminkt ist.

So unwirklich blass. Ganz hell und graugrün. Gar nicht, als ob er jemals gelebt hätte.«

Scheu trat Lotte an den Toten heran und berührte ihn vorsichtig an der Hand. »Und so kalt. Als ob er nie echt gewesen wäre. Das bleibt also übrig, wenn wir gestorben sind. Und so schnell sind wir nicht mehr die, die wir waren. Wennsd die Leud aufgebahrt siggsd, is des ganz annersch.«

»Ja, da hast du Recht. Das ist eine letzte große Show für die Hinterbliebenen, damit sie einen so in Erinnerung behalten, wie man war, als man noch gelebt hat. Die Wahrheit will da keiner sehen«, seufzte Julia. Für einen kurzen Moment hatte sie das Bild ihrer Tante vor Augen. Dreizehn war sie damals gewesen, und die Tote im Sarg hatte sie trotz aller Bemühungen des Bestatters nicht erkannt. Fremd, künstlich, angemalt war sie gewesen, die liebevolle und warmherzige Frau, bei der Julia so viele glückliche Nachmittage verbracht hatte. Nie wieder hatte Julia seitdem einen Blick auf aufgebahrte Tote geworfen. Und sie hatte sich schon längst geschworen: Ihr eigener Sarg sollte nicht mehr offen präsentiert werden, wenn sie einmal abtreten musste.

Lotte schien sich innerlich kurz zu schütteln, dann war sie wieder ganz die Alte, voll Energie und Entschlossenheit.

»Wir müssen seinen Mörder finden, Julia. Bevor er mit Cat das Gleiche anstellt!«

Bei diesem Satz zuckte Julia zusammen. Lotte hatte Recht, die Zeit drängte.

Zurück im Büro musste Julia Bees Mutter vom Tod ihres Mannes berichten. Frau Sperling blieb erstaunlich gefasst und sprach das aus, was Julia insgeheim schon vermutet hatte. Ihre Ehe hatte wohl nur noch auf dem Papier bestanden, daher auch die getrennten Schlafzimmer und das fehlende Wissen um die Arbeitszeiten von Fred Sperling. Dass nun keine völlig aufgelöste Witwe an Julias Schreibtisch saß, vereinfachte zumindest die Ausführung der weiteren Pläne, was Bees Schutz betraf.

»Hören Sie, Frau Sperling: Natürlich werden wir alles Menschenmögliche unternehmen, um den Mörder Ihres Mannes schnell zu fassen. Aber bis dahin sind sowohl Sie als auch Ihre Tochter in Gefahr. Offenbar will der Verrückte sich dafür rächen, dass Ihr Mann an die Öffentlichkeit gegangen ist. Deswegen ist es wichtig, dass Sie und Bee vorerst untertauchen. Haben Sie jemanden, eine Freundin oder Verwandtschaft, bei der Sie beide ein paar Tage verbringen können? Am besten niemanden mit dem Namen Sperling, und auch nicht in der Nähe Ihrer eigenen Wohnung. Und nicht bei Schulfreunden Ihrer Tochter, denn auch dort könnte der Kerl Sie schnell ausfindig machen.«

Mutter Sperling überlegte kurz, dann nickte sie entschlossen. »Mir können dn auf Bengerds fohrn, do wohnt a Freindin vo mir.«

»In Ordnung. Rufen Sie Bee an, wir holen das Mädel ab und bringen Sie beide nach Pegnitz. Mit etwas Glück können Sie schon in ein paar Tagen wieder zurück in Ihr Haus. Bitte gehen Sie so wenig wie möglich nach draußen und sorgen Sie dafür, dass Ihr Aufenthaltsort nicht die Runde macht, okay?«

Es dauerte nicht lang, und alles Nötige war in die Wege geleitet.

Endlich konnte Julia sich ausschließlich den Ermittlungen widmen. Fabian legte Stefan eine Liste vor, in der er alles notiert hatte, was ihm an diversen Kommentaren im Internet aufgefallen war. Diese Liste arbeiteten sie gemeinsam durch. Außerdem hatten bereits mehrere Leute angerufen, die etwas zu dem Priester aussagen wollten. Leider hatte sich da jedoch noch keine konkrete Spur ergeben.

Jetzt allerdings klingelte das Telefon erneut, und Fabian gestikulierte bereits nach wenigen Sätzen aufgeregt zu Stefan hinüber.

»Ja, kommen Sie doch bitte so schnell wie möglich zu uns ins Dienstgebäude. Genau. Fragen Sie nach Kriminaloberkommissar Siems und Kriminalhauptkommissarin Lehmann. Prima, wir erwarten Sie in einer Viertelstunde. Bis gleich.«

Mit einem zufriedenen Grinsen nickte er den erwartungsvoll dreinblickenden Kollegen zu. »Endlich tut sich was. Das war eine Frau Großmann, die meint, ihr Exfreund könnte was mit dem Fall zu tun haben.«

»Na, hoffentlich ist das nicht nur eine Racheaktion«, knurrte Stefan pessimistisch. Julia schickte einen strafenden Blick zu ihm hinüber.

»Jetzt wart doch erst mal ab. Hören wir uns an, was die Frau zu erzählen hat.«

Tatsächlich war die Viertelstunde noch nicht ganz vorbei, als es klopfte und eine gutaussehende junge Frau hereinkam.

»Grüß Gott, ich bin Dana Großmann. Ich hab vorhin angerufen und möchte eine Aussage zu dem Entführungsfall machen.«

Stefan bedeutete ihr, sich zu setzen.

»Na, dann erzählen Sie mal. Was können Sie uns dazu sagen?«, fragte er gespannt.

Die Blondine schlug die Beine übereinander – Stefan riskierte einen kurzen Blick, bevor er sich wieder konzentrierte.

»Also, es ist eigentlich eine total irre Geschichte. Es geht um meinen Ex-Verlobten, Anton Altner. Wir haben vor ein paar Monaten eine Reise nach Ägypten gemacht. Die hat er mir zur Verlobung geschenkt. Aber dort hat er sich komplett verändert. Ich weiß nicht, was mit ihm passiert ist, aber das Ende vom Lied war, dass er die Verlobung gelöst hat. Man hat ihn bewusstlos bei den Pyramiden gefunden, nachdem er zuvor schon total seltsam war. Und im Krankenhaus hat er die Verlobung gelöst und gesagt, in seinem Leben ist nur noch Platz für Apophis. Sie können sich vermutlich vorstellen, wie es mich gerissen hat, als ich jetzt das von Apophis gehört habe. Ich weiß ja nicht, wo genau der Zusammenhang ist. Und ich hoffe auch schwer, dass es da gar keinen Zusammenhang gibt, dass Toni nichts damit zu tun hat. Aber naheliegend ist das doch schon, oder?«

Julia und Stefan waren wie elektrisiert – endlich eine Spur! Er nickte Dana Großmann aufmunternd zu.

»Erzählen Sie uns bitte mal die ganze Geschichte. Außerdem wäre es schön, wenn Sie ein Foto von Herrn Altner für uns hätten. Lotte, du suchst bitte gleich mal seine Daten raus.«

Bereitwillig begann Dana von dem Fiasko ihrer Reise zu erzählen, während Lotte schon die Adresse Anton Altners parat hatte. Schließlich kramte Dana in ihrer Handtasche nach dem Foto, das sie in weiser Voraussicht bereits daheim herausgesucht und eingesteckt hatte.

»Leider habe ich damals in meiner Enttäuschung und meinem Frust fast alle Bilder von ihm weggeworfen. Ich hoffe, dieses hier reicht Ihnen?«

Sie reichte das Foto über den Schreibtisch hinweg zu Stefan hinüber, der es an Julia weitergab. Ein fröhlich lachender junger Mann, Sommersprossen auf der Nase, dunkelblondes struppeliges Haar, ein warmer, offener Blick – das war es, was Julia wahrnahm. Schwer zu glauben, dass dieser Anton derartig abgedriftet war. Und doch – wenn sie Danas Worten Glauben schenkte (und das tat sie), dann war wohl in Ägypten irgendetwas vorgefallen, hatte bei dem Mann zu einer Persönlichkeitsveränderung geführt. Und aus dem netten Jungen von nebenan vielleicht sogar einen gefährlichen Irren gemacht, der auch vor Mord nicht zurückschreckte.

»Frau Großmann, verraten Sie uns bitte noch mehr über Anton Altner. Wo arbeitet er?«

Dana nickte bereitwillig. »Er ist Abteilungsleiter bei Cybex, Sie wissen schon, die mit den Kindersitzen.«

Julia streichelte unbewusst über ihren Bauch. Natürlich war ihr der Name ein Begriff, schließlich würde sie in wenigen Wochen auch einen Kindersitz für ihr Auto benötigen. Vielleicht konnte sie sich ja schon mal nach geeigneten Modellen umsehen, wenn sie diesen Altner aufsuchte.

»Um diese Zeit müssten Sie Toni eigentlich auf der Arbeit erreichen. Unter dieser Nummer erreichen Sie ihn normalerweise.«

Dana kritzelte eine Nummer auf den Notizzettel, den Stefan ihr hinschob.

»Okay, vielen Dank schon mal, Frau Großmann. Falls wir noch Fragen haben – wo können wir Sie erreichen?«

»Meine Adresse haben Sie ja schon, aber tagsüber bin ich natürlich auf der Arbeit, in der Hohen Warte. Ich arbeite dort in der Verwaltung. Warten Sie – hier ist meine Durchwahl.«

Sie legte ein Kärtchen auf den Schreibtisch und stand mit einer fließenden Bewegung auf. Einen kurzen Moment lang spürte Julia eine Mischung aus Bewunderung und Wehmut, weil sie selbst so schwerfällig geworden war. Schnell wischte sie diese Gedanken fort. Sie hatte so viel mehr als ihr Gegenüber, ihr Herzenswunsch nach einem Baby hatte sich erfüllt, und auch wenn sie nicht mehr mit Jan zusammen war: Er war ein toller Mann, ganz im Gegensatz zu dem Verdächtigen.

Stefan nickte Lotte zu, kaum dass sich die Tür hinter Dana geschlossen hatte.

»Wir werden natürlich nicht anrufen und ihn vorwarnen, sondern direkt hinfahren. Die Frage ist nur, wer von uns das übernimmt.«

Er überlegte kurz und entschied dann, im Büro zu bleiben. Es war sehr ungewohnt für ihn, dass er jetzt derjenige war, der die Entscheidungen treffen sollte und die Leitung über das Team innehatte.

»Vielleicht kann ich in der Zwischenzeit hier noch etwas bewirken. Ich versuche mal, noch mehr Infos über diesen Altner zu bekommen. Je mehr wir wissen, desto größer ist die Chance, dass wir Cat schnell finden.«

Kapitel Zehn - Mittwoch Nachmittag

Lotte war gefahren, nachdem Julia ihr kurzerhand die Wagenschlüssel in die Hand gedrückt hatte. Die Praktikantin fuhr für ihr Alter überraschend sicher und zügig, und Julia genoss es, sich nicht auf den Verkehr konzentrieren zu müssen. Es war nicht allzu viel los auf den Straßen, und über die Nordtangente waren sie schnell im Industriegebiet angekommen. Sie sperrten das Auto ab und liefen die imposanten Stufen zur Eingangstür hinauf, Lotte wäre durchaus schneller hochgespurtet, aber mit Rücksicht auf ihre schwangere Chefin passte sie ihren Schritt an Julias an. Fast andächtig schaute sich das Mädchen in der großen Halle um, während Julia gänzlich unbeeindruckt zu dem wuchtigen Tresen marschierte und der dort sitzenden Empfangsdame ihren Ausweis unter die Nase hielt.

»Grüß Gott, KHKin Julia Lehmann. Meine Praktikantin Lotte Kerner. Wir wollen zu Ihrem Abteilungsleiter Anton Altner. Können Sie ihn bitte hierher rufen?«

Die junge Frau schüttelte bedauernd den Kopf. »Tut mir leid, aber der arbeitet schon seit einiger Zeit nicht mehr bei uns. Er hat im Frühling eine Reise nach Ägypten gemacht, wo ihm wohl etwas zugestoßen ist. Seitdem war er komplett verändert und hat kurz nach seiner Rückkehr gekündigt, oder er wurde entlassen, da müsste ich nachsehen. Das war irgendwann im Frühling, wenn ich mich nicht irre. Brauchen Sie das genaue Datum?«

Julia winkte ab. »Nein, wenn er nicht mehr hier arbeitet, hilft uns auch das Kündigungsdatum nicht weiter. Aber wissen Sie zufällig, was er mittlerweile macht?«

Wieder konnte ihr die Frau nicht helfen. »Nein, ich denke nicht, dass das hier irgendwer wissen könnte – halt! Vielleicht der Herr Runge, die beiden waren wohl auch privat befreundet. Den könnte ich Ihnen holen, der hat gerade Dienst.«

Julia lächelte ihr erleichtert zu. »Das wäre sehr hilfreich, vielen Dank.«

»Setzen Sie sich doch einstweilen dort drüben, bis Herr Runge hier ist.«

Julia und Lotte ließen sich in die tiefen schwarzen Sessel gleiten, zu denen die Sekretärin gedeutet hatte, und sahen sich in der geräumigen, imposanten Halle um.

»So was bei uns in der Dienststelle, das wäre cool«, flüsterte Lotte fasziniert, und Julia musste ihr recht geben.

»Das stimmt, das wäre wirklich cool. Aber da würden die Steuerzahler sich mit Sicherheit beschweren, wenn sie das zahlen müssten«, flachste sie.

Da kam auch schon ein groß gewachsener Mann Mitte dreißig auf sie zu und stellte sich als Jens Runge vor.

»Herr Runge, Sie kennen Anton Altner gut?«

Runge machte eine fast bedauernd wirkende Kopfbewegung, die Julia nicht so recht zu deuten wusste. Fragend sah sie ihn an.

»Na ja, wir waren gute Freunde. Die Betonung liegt auf: waren. Im Frühling ist er mit seiner Verlobten nach Ägypten geflogen und komplett verändert von dort zurückgekommen. Seitdem war es vorbei mit unserer Freundschaft und auch mit seiner Verlobung.«

»Wissen Sie denn, was genau mit Anton Altner passiert ist?«, wollte Julia wissen. Doch auch hier kam sie nicht wirklich weiter.

»Nein, ich weiß nur, dass er wohl bei den Pyramiden einen Zusammenbruch hatte oder ohnmächtig wurde, irgend sowas. Und danach war er wie besessen, redete ständig wirres Zeug von ägyptischen Göttern. Das ging natürlich nicht allzu lang gut, seine Arbeit hat ziemlich gelitten unter seinem Wahn. Es gab einige unschöne Gespräche mit der Geschäftsleitung, und dann ist er einfach nicht mehr zur Arbeit gekommen. Was natürlich seine Kündigung zur Folge hatte. Danach ist mein Kontakt zu ihm komplett abgerissen, ich habe seit Wochen nichts mehr von ihm gehört oder gesehen.«

Enttäuscht fuhren Julia und Lotte zurück zur Dienststelle, nur um dort zu erfahren, dass Altner in seiner Wohnung ebenfalls nicht anzutreffen gewesen war. Offenbar war er bereits seit längerer Zeit nicht mehr dort gewesen: Der Kühlschrank war leer, die Luft abgestanden, zwei Zimmerpflanzen am Fensterbrett komplett verdorrt. Anton Altner war untergetaucht und wurde zur Fahndung ausgeschrieben.

Kapitel Elf - Mittwoch Abend

Julia schob mit müden, langsamen Bewegungen ihr Fahrrad in die Garage, zog das Garagentor zu und ging, nein schlurfte vielmehr die paar Meter um die Häuserzeile herum bis zu ihrer Haustüre. Die Kommissarin war mit ihrem Latein am Ende. Anstatt den Entführungsfall zu lösen und Cat zu befreien, hatte sie jetzt noch eine Leiche als Dreingabe bekommen. Die scheinbar heiße Spur zu Anton Altner war vorerst im Sand verlaufen. Zwar war der Mann zur Fahndung ausgeschrieben, aber die Zeit lief ihnen davon, was Cat betraf. Niemand konnte wissen, ob er sich überhaupt noch an seinen ursprünglichen Plan halten und das Opferritual am Freitag, bei Vollmond, durchziehen würde. Ebenso wahrscheinlich war, dass er jetzt unter Druck die Nerven verlor. Somit war Cat in allergrößter Gefahr, und diese Vorstellung machte Julia schier verrückt. Es war schon spät, wurde schon fast dämmrig – sie alle hatten Überstunden gemacht bis zur Erschöpfung, denn sie alle wussten, worum es ging. Jetzt nur noch Leo füttern und dann ins Bett, wenigstens ein paar Stunden schlafen, bevor morgen früh mit Hochdruck weitergearbeitet werden musste.

Doch als sie ihr Gartentürchen öffnete, blieb sie wie erstarrt stehen – auf den Stufen vor ihrer Haustür hockte eine vertraute Gestalt, die ihr Herz einen Hüpfer machen ließ. Jan! Nur den Bruchteil einer Sekunde wurde sie von Freude und Glück überrollt, dann schob sich die Erinnerung an ihr letztes Treffen wie eine dunkle Wolke vor ihre Gefühle, gepaart mit dem Gedanken: Bitte nicht das auch noch. Heute hatte sie keine Kraft mehr für eine erneute Auseinandersetzung.

Jan schraubte sich mit einer geschmeidigen Bewegung aus der Hocke in den Stand und zauberte eine einzelne rote Rose hinter seinem Rücken hervor, die er ihr bittend hinhielt.

»Julia, können wir bitte reden? Ich hab Mist gebaut, es tut mir unendlich leid, was ich dir alles an den Kopf geworfen habe.«

Sie zögerte kurz, dann nickte sie, resigniert und zugleich hoffnungsvoll. Der Tag war definitiv noch nicht zu Ende, ihr Bett würde warten müssen. Sie hatte Angst vor diesem Gespräch und dennoch zugleich die irrwitzige Hoffnung, es könne doch noch alles gut werden zwischen ihr und Jan, zumindest auf freundschaftlicher Basis, damit sie normal miteinander umgehen konnten. Sowohl was Cat betraf, ein echtes Miteinander konnte ermittlungstechnisch viel mehr bewirken als dieses gezwungene, angespannte Verhältnis. Aber auch in Bezug auf ihr gemeinsames Kind. Wenn Jan die Situation annahm, war viel gewonnen. Sie erwartete nicht, dass er ihr um den Hals fiel vor Begeisterung oder dass er ihre Beweggründe verstand. Auch nicht, dass er finanziell für das Kind aufkäme. Doch ein Vater, der ab und zu für sein Kind einen Nachmittag Zeit hatte, das wäre schön, das würde sie ihnen allen wünschen.

Mit müden Schritten ging sie an ihm vorbei und sperrte die Haustür auf, schleuderte im Flur die Schuhe von ihren Füßen – eine vertraute Routine, die in Jan eine Welle der Zärtlichkeit aufsteigen ließ. Am liebsten hätte er sie in die Arme geschlossen und nicht mehr losgelassen, aber er beherrschte sich.

Julia füllte in der Küche Leos Napf auf und holte eine Flasche Mineralwasser aus dem Kühlschrank, dazu zwei

Gläser. »Gehen wir nach draußen«, schlug sie vor, und Jan ging voraus, öffnete die Terrassentür, Leo schlüpfte zwischen seinen Beinen durch nach innen, während die beiden im Garten Platz nahmen – hier war es gewesen, als Jan seinen ersten Kaffee bei Julia getrunken hatte, als es geknistert hatte ohne Ende zwischen ihnen. Fast ein Jahr war das her, und seitdem waren sie durch alle denkbaren Höhen und Tiefen gegangen.

»Gibt es etwas Neues wegen Cat? Habt ihr sie gefunden?«, wollte er wissen.

Julia schüttelte resigniert den Kopf. »Es gibt mittlerweile eine Soko. Stefan hat die Leitung bekommen. Ich bin zu arg befangen, ich kann nicht klar denken, was Cat betrifft. So ist es besser. Aber wir haben eine Leiche im Zusammenhang mit diesem Verrückten, den Vater eines anderen Mädchens. Jan, wenn dir irgendetwas einfällt – wir sind dankbar für jeden noch so kleinen Hinweis.«

»Wenn ich etwas wüsste, dann würde ich es euch sofort sagen. Julia, ich hab Angst um das Mädel«, flüsterte er.

»Ich auch, glaub mir das. Ich auch. Ich fürchte, wir haben es mit einem unberechenbaren Irren zu tun, und er ist uns um mindestens drei Schritte voraus. Lass uns von etwas anderem reden, sonst drehe ich durch.«

Jan beugte sich vor, schenkte ihnen Wasser ein und nahm einen großen Schluck, bevor er begann. Zögernd suchte er nach den richtigen Worten, fand sie nicht, fing trotzdem an.

»Julia, als ich dich auf der Wache gesehen habe, da sind mir die Sicherungen durchgebrannt. Ich dachte sofort, dass du mich damals abgeschoben hast, um freie Bahn zu haben für eine künstliche Befruchtung. Dass du ein Kind wolltest, aber keinen Mann dazu. Dass du diesen Plan schon längst gefasst hattest, als wir zusammen waren.

Dass ich dir im Weg war. Dass du mich nie wirklich geliebt hast, sondern dass ich nur ein netter Zeitvertreib über den Winter war.«

Julia starrte ihn verblüfft an. »Du hast ernsthaft gedacht, ich hätte dir das alles nur vorgespielt?«

Jan nickte zerknirscht. »Ja, ich war total vernagelt. Und unglaublich eifersüchtig auf dieses Baby in deinem Bauch.«

»Und warum bist du jetzt hier? Warum hast du deine Meinung geändert?«

»Weil ich Besuch bekommen habe von jemandem, der mir den Kopf zurechtgerückt hat. Bernd war bei mir.«

»Bernd. Wie kommt der dazu? Warum mischt der sich schon wieder in mein Leben ein?« Julia wollte losfauchen, aber es gelang ihr nicht wirklich. Sie fühlte sich übergangen, wieder einmal hatte ihr Exmann eigenmächtig Entscheidungen getroffen, über ihren Kopf hinweg, ohne ihr Wissen. Sie hätte sich denken können, dass der harmonische Abend neulich ein Nachspiel haben musste. Aber Jan nahm ihr mit seiner Antwort den Wind aus den Segeln:

»Weil Bernd der Meinung war, dass er viel Mist gebaut hat, was euch betrifft. Und weil er versuchen wollte, wenigstens einiges wieder gutzumachen. Er hat mir alles erzählt, was du ihm gesagt hast. Denn er war überzeugt davon, dass alles nur ein riesengroßes Missverständnis zwischen uns beiden war. Und damit hat er Recht. Du warst so unglücklich, weil du keine Kinder bekommen konntest – oder das zumindest immer gedacht hast. Und ich wollte nicht, dass du dich auch noch mir gegenüber schlecht fühlst deswegen. Also hab ich dir erzählt, dass ich keine Kinder will. Um dich nicht noch mehr zu belasten. Tatsache ist, ich wäre mit einer kinderlosen Lieblingskommissarin klargekommen. Aber Tatsache ist auch, dass ich mich über eigene Kinder total gefreut hätte. Ich hab es

135

dir nur nicht gesagt, um dir das Herz nicht noch schwerer zu machen. Und Bernd hat mir erzählt, dass du mit mir Schluss gemacht hast, weil du dachtest, in meinem Leben wäre kein Platz für Kinder. Was nicht stimmt. Ich könnte mir nichts Schöneres vorstellen, als mit dir eine Familie zu gründen. Julia, du bist die Liebe meines Lebens – willst du mich heiraten?«

Er hielt ihr die Rose hin, die sie vorhin geflissentlich ignoriert hatte.

Julia saß ihm gegenüber, sprachlos, fassungslos. Sie konnte kaum glauben, was sie da hörte. Träumte sie? Eine andere Erklärung gab es nicht. Das war alles ein irrwitziger Traum, eine Illusion, die ein böses und bitteres Erwachen nach sich ziehen würde. Schließlich zwickte sie sich in den Arm, wurde durch den Schmerz vom Gegenteil überzeugt. Streckte zögernd die Hand nach der Rose aus, räusperte sich kurz und flüsterte mit trotzdem noch rauer Stimme:

»Jan meinst du das ernst? Ich träume wirklich nicht?«

Er lächelte vorsichtig. »Nein, du träumst nicht. Aber das wäre mein Traum. Willst du ihn wahr werden lassen?«

»Ja – ja!« Sie vergrub ihre Nase in der Blüte, als könne ihr der Duft beweisen, dass das alles real war.

Jan sprang auf und kam um den Tisch herum, und Julia warf sich in seine Arme. Ein unbeschreibliches Glücksgefühl durchströmte sie. Endlich, endlich, war alles gut. Sie spürte seinen Atem in ihrem Nacken, seinen Herzschlag, dazu ihren eigenen, roch seinen Duft, Jan vermischt mit seinem Rasierwasser. Das Baby bewegte sich in ihr, als wüsste es, dass jetzt alles in Ordnung gekommen war. Auch Jan spürte die Bewegung, legte vorsichtig und andächtig die Hand auf ihren Bauch.

»Weißt du, was es wird?«, wollte er wissen.

Julia nickte. »Es wird ein Mädchen, hat der Arzt gesagt.«

»Eine kleine Julia«, flüsterte Jan in ihr Ohr, aber da schüttelte sie entschieden den Kopf.

»Mit Sicherheit nicht. Aber einen Namen zu finden hat noch Zeit. Zuerst müssen wir Cat retten, das hat oberste Priorität, vor allem anderen.«

Kapitel Zwölf - Mittwoch Nacht

Justus Körzdörfer war müde und genervt. Missmutig stand er in der Spülküche der Burg Rabenstein und starrte auf den schmutzigen Tellerstapel, den er noch vor sich hatte. Er hasste seinen Job, aber er brauchte das Geld. Während die Gäste drüben sich beim Krimidinner amüsierten und sich den Magen vollschlugen, während der Koch und seine Küchenhilfen immer mal wieder von den Köstlichkeiten probierten, musste er hier den Dreck wegmachen. Hatte seine Mutter recht gehabt, als sie auf eine vernünftige Ausbildung gedrängt hatte? Damals hatte er sie nur ausgelacht. Er wollte leben, gleich das große Geld verdienen – ohne zu bedenken, dass es ohne Ausbildung relativ schwierig war, an ebendieses zu kommen. Und jetzt stand er hier, für einen Hungerlohn, vermutlich bis weit nach Mitternacht. Aber bald! Bald würde alles anders sein. Bald würde Anton Apophis beschworen haben und zu seinem Stellvertreter aufsteigen. Und er, Justus, als Antons rechte Hand, würde ebenfalls einen sensationellen Aufstieg erfahren. Anton hatte ihnen in lebhaften Farben geschildert, wie die Herrschaft des Totengottes aussehen würde. Geldsorgen wären dann Vergangenheit, denn den Priestern des Apophis würde dann die Welt offenstehen. Fast uneingeschränkte Macht und alle damit verbundenen Privilegien – nicht mehr lange, und dann wäre die Spülküche passé. Die paar Tage bis zum Vollmond musste er noch durchhalten, aber dann! Justus musste an die Kleine denken, die er zu Anton gebracht hatte. Cat hieß sie wohl. Einen Moment lang hatte er einen Anflug schlechten Gewissens dem

Mädchen gegenüber, aber das war schnell vorbei. Sie war zu Großem auserwählt, als ultimatives Opfer, als Braut des Apophis. Okay, das würde sie das Leben kosten, aber sie starb, um Apophis unsterblich zu machen. Traurig für das Mädel, aber notwendig. Immerhin war es ihm gelungen, Anton zu überlisten, was diese Bee betraf. Die hätte er töten sollen, aber das wäre ein sinnloser Tod gewesen in Justus' Augen. Daher hatte er sie heimlich freigelassen und ihr das Versprechen abgenommen, niemandem ein Sterbenswort zu verraten. Nein, Anton würde das nicht erfahren und Apophis auch nicht. Bee war in Sicherheit, und das gab Justus ein gutes Gefühl. Das sich allerdings schnell verflüchtigte, als der Küchenchef seinen Kopf durch die Tür steckte und den träumenden Tellerwäscher erwischte.

»Schon wieder am Trödeln? So nicht, Freundchen! Diesmal wird es Konsequenzen haben: Wir gehen heim, sobald der Nachtisch abgeräumt und die Bar geschlossen ist. Und du wirst heute allein den Abwasch erledigen. Und wenn es bis früh um fünf dauert – mir reicht es mit deinem lahmarschigen Getue. Diesmal werden wir nicht alle miteinander länger machen, um dein Getrödel auszubügeln. Und denk bloß nicht, dass du die Überstunden gezahlt bekommst.«

Die Tür knallte lautstark. Justus wurde wütend. Er würde keine Überstunden machen, das wäre ja noch schöner. Er würde einfach gehen, sobald alle weg waren. Wer sollte ihn denn aufhalten? Und wenn Apophis am Freitag ... Aber was, wenn nicht? Anton hatte ja schon bei der Sache mit den Küken fest daran geglaubt, Apophis beschwören zu können. Erst recht bei dem Ziegenbock. Und was war passiert? Nichts. Da waren Zweifel doch erlaubt, oder? Würde Apophis das erfahren, wissen, wenn er wirklich irgendwann die Herrschaft übernehmen sollte? Hoffentlich nicht. Justus war ja grundsätzlich bereit, an die gute Sache zu glauben. Er war sogar bereit gewesen, dieses Mädchen zu entführen, damit sie geopfert werden konnte. Aber ein leiser Zweifel nagte dennoch an ihm, und so beschloss er zähneknirschend, die Anweisung zu befolgen. Man konnte ja nie wissen – falls das schiefgehen sollte mit Apophis, war Justus auf diesen Scheißjob angewiesen.

Kurz nach halb zwei war er endlich fertig mit dem Abwasch und hatte alles Geschirr aufgeräumt. Er zog die Tür hinter sich zu, Schlüssel brauchte er keinen, denn sie verriegelte von selbst. Mit schnellen Schritten lief er bergauf zum Parkplatz, wo sein altersschwacher Nissan einsam auf ihn wartete. Schwaches Mondlicht leuchtete vom Himmel, immer wieder verdeckt und gedimmt durch Wolkenfelder. Justus zog den Schlüsselbund aus der Hosentasche und wollte gerade die Fahrertür aufsperren, als er angesprochen wurde. »Hallo Justus, spät dran heute«, mit diesen Worten löste sich der Priester persönlich aus dem Schatten des Nissan und legte dem Tellerwäscher den Arm um die Schultern.

Der Angesprochene ließ vor Schreck seinen Schlüsselbund fallen, es klirrte leise auf dem Schotter.

»Anton, du?«, flüsterte er. Seine Nackenhaare sträubten sich, dieses Treffen war kein harmloses, das spürte er instinktiv. Wie zur Bestätigung wurde er hart gegen seinen Wagen gedrückt, Antons Griff war fest wie ein Schraubstock.

»Hast du wirklich gedacht, du könntest Apophis und mich hintergehen, ohne dass wir es merken? Die Spatzen pfeifen es von den Dächern, dass du dieses Flittchen freigelassen hast, anstatt sie zu töten.«

Justus wagte kaum zu atmen. Er las keine Zeitung, hörte selten Nachrichten, war nicht auf Social Media unterwegs. Lieber saß er daheim am PC und zockte. Daher hatte er nicht mitbekommen, dass Bees Vater alles öffentlich gemacht hatte. Er hatte dem Mädel vertraut, hatte sich darauf verlassen, dass sie tatsächlich den Mund hielt. Und sie hatte ihn verraten. Zumindest das erkannte er ohne weitere Erklärung.

»Anton … sie zu töten hat sich so falsch angefühlt, so sinnlos«, versuchte er sich zu rechtfertigen. Er merkte selbst, wie lahm diese Erklärung klang.

Der Priester lachte höhnisch auf. »Und jetzt hat sie uns alle in Gefahr gebracht, alles ausgeplaudert. Die Opferung gefährdet. Nur weil du nicht bereit warst, meine Befehle zu befolgen. Hätte ich nicht ein vollkommen sicheres Versteck für unsere künftige Königin gefunden, dann könnten wir jetzt einpacken. Justus, du bist meine rechte Hand, du hättest die Chance gehabt auf einen rasanten Aufstieg. Und du hast alles zunichtegemacht.«

Justus wandt sich unter dem festen Griff, versuchte eine Rechtfertigung.

»Ich wollte doch nur, dass kein unschuldiges Blut vergossen wird. Ich werde es wiedergutmachen. Ich werde alles tun, was du von mir verlangst. Es wird nicht wieder vorkommen, dass ich eigenmächtig vorgehe.«

»Da stimmt. Das wird nicht wieder vorkommen. Apophis duldet keinen Ungehorsam«, knurrte Anton.

Justus spürte noch den Lappen, der ihm auf Mund und Nase gedrückt wurde, dann wurde ihm schwarz vor Augen. Einen kurzen Schmerz am Hals, schon mehr als undeutlich, wie von weiter Ferne. Dass Anton ihn noch kurz festhielt, dann fallen ließ, merkte er nicht mehr, ebenso wenig wie den Aufschlag auf dem rauen Schotter des Parkplatzes.

Kapitel dreizehn - Donnerstag

Wieder erwachte Julia ein gutes Stück zu früh, ihre Blase meldete sich unerbittlich. Es brauchte einen Moment, bis sie realisierte, dass sie nicht träumte, dass Jan tatsächlich neben ihr lag. Bedächtig schraubte sie sich aus seiner Umarmung und tapste barfuß hinüber auf die Toilette. Ihre Gedanken begannen automatisch um Cats Entführung zu kreisen. Doch leider hatten ihr auch die paar Stunden Schlaf nicht zu einer zündenden Idee verholfen. Sie konnte es drehen und wenden, wie sie wollte: Sie steckte in einer gedanklichen Sackgasse – und die Zeit wurde knapp. Das Glücksgefühl, das Julia beim Aufwachen erfasst hatte, war überschattet von der Sorge und Angst um Cat. Und auch Jan, der sich verschlafen die Augen rieb, als sie zurück ins Schlafzimmer kam, war bedrückt.

»Julia, ich werde versuchen, heute und morgen frei zu bekommen, damit ich euch helfen kann. Aber ich muss zuerst noch einen Auftrag fertig bearbeiten, danach sehe ich zu, dass ich zu euch ins Büro komme. Vielleicht gibt es ja irgendetwas, was ich tun kann.«

Nachdenklich nickte Julia. Sie konnte gut nachvollziehen, dass Jan nicht untätig bleiben wollte. Schließlich kannte er Cat länger und besser als sie und fühlte sich als ihr Trainer für das Mädel verantwortlich.

***

Die Soko Katharina trat schon in aller Herrgottsfrühe wieder zusammen, sie konnten sich keinen Zeitverlust leisten. Aus Erlangen traf ein erster Untersuchungsbericht von Vater Sperling ein. Stefan überflog die Zeilen und schüttelte erstaunt den Kopf. Dann informierte er seine Truppe.

»Wie es aussieht, wurde Sperling vergiftet. Die Rechtsmedizin hat im Prinzip das bestätigt, was Kollrab schon vermutet hatte: Über einen Einstich am Arm wurde ihm schnell wirkendes Gift injiziert. Es handelt sich um Schlangengift, die genaue Art muss noch ermittelt werden. Den Druckstellen und Spuren am Körper des Toten zufolge muss Sperling von hinten gepackt worden sein, dann wurde er mittels eines getränkten Lappens betäubt. Den Einstich hat er wohl nicht einmal mehr bemerkt und ist dann binnen weniger Minuten gestorben.«

»Oh Gott, ob sie das Gleiche mit Cat vorhaben?«, flüsterte Lotte entsetzt. Auch Julia lief es eiskalt den Rücken hinab bei dieser Vorstellung, aber dann schüttelte sie entschieden den Kopf.

»Negativ. Wenn dieser Verrückte sie wirklich opfern will, dann wird er das mit Sicherheit anders machen. Ähnlich wie mit den toten Tieren, die wir bisher gefunden haben. Blutig und dramatisch, nicht mit Gift.«

»Aber warum dann Sperling?«

Julia überlegte kurz, versuchte, die Sorge um Cat zu verdrängen und stattdessen logisch an den Fall heranzugehen. Was nicht einfach war, denn die Angst lähmte ihre Gedanken. Schließlich gelang es ihr doch, eine Theorie aufzustellen.

»Schlangengift. Apophis wird in der ägyptischen Mythologie als Schlange dargestellt. Der Schlangengott, der Herrscher über Finsternis und Tod. Vielleicht war das

144

Gift gar nicht für den Vater bestimmt gewesen, sondern für Bee. Sie hat Apophis quasi verraten. Sie hätte getötet werden sollen, wurde stattdessen freigelassen. Und hat geplaudert. Deswegen sollte sie sterben. Die Rache des Apophis. Deshalb das Gift. Und nur die Tatsache, dass sie nicht zuhause war, hat sie gerettet. Mag sein, dass ihr Vater etwas gehört oder gesehen hat in dieser Nacht. Also ist er aufgestanden und hat nachgesehen. Das wurde ihm zum Verhängnis. Und der Täter verwendete das Gift, das ursprünglich für Bee gedacht war.«

Lotte schaute Julia mit großen Augen an. Sie fand diese Begründung ziemlich verwirrend, aber Stefan nickte nach kurzem Überlegen.

»Ja, das macht Sinn. Klingt zwar ziemlich nach einem alten John-Sinclair-Roman, aber es macht Sinn. Die Rache des Apophis wird dann aber vermutlich auch den nächsten Verräter treffen: Diesen ominösen Justus, der Bee freigelassen hat. Der Kerl ist in höchster Gefahr.«

Wie auf ein Stichwort hin läutete in diesem Augenblick das Telefon. Lotte nahm das Gespräch an, ihr Gesichtsausdruck wurde fassungslos.

»Ja, ich informiere die Kollegen, wir kommen so schnell wie möglich«, erklärte sie und legte auf.

»Die Leitstelle. Bei der Burg Rabenstein gibt es einen Toten. Ein früher Spaziergänger hat ihn auf dem Parkplatz gefunden. Es sind schon Kollegen und Doktor Kollrab vor Ort, und warum sie uns informiert haben: Der Tote hat eine Einstichstelle am Hals und dieselben Symptome wie Sperling. Kollrab hat da sofort einen Zusammenhang gesehen.«

Stefan zögerte nur kurz. Eigentlich wäre er gerne selbst hingefahren, aber er musste vor Ort bleiben und die

145

Recherche hier koordinieren und überwachen. Also nickte er Julia aufmunternd zu.

»Fährst du hin, zusammen mit Lotte? Dir muss ich ja nicht erklären, worauf es ankommt. Findet was!«

Er warf der überraschten Lotte die Autoschlüssel des Dienstwagens zu. »Anwärter müssen auch mal fahren üben«, sagte er augenzwinkernd. Er konnte sich noch gut an die Schwangerschaft seiner Frau erinnern – gegen Ende war sie gar nicht mehr gern selbst gefahren, das war ihr mit dem Babybauch zu beschwerlich.

Julia freilich war da anders gestrickt. Erstens trug sie keine Zwillinge aus, und zweitens wollte sie ja permanent sich selbst und allen Kollegen beweisen, dass sie sehr wohl noch uneingeschränkt diensttauglich war. Entsprechend missmutig war der Blick, den sie Stefan zum Abschied zuwarf.

Letztendlich genoss sie es trotzdem, an der Beifahrerseite einsteigen und sich entspannt zurücklehnen zu dürfen. Aus den Augenwinkeln beobachtete sie die Praktikantin, die ohne zu zögern Richtung Meyernberg fuhr und dann in Richtung Mistelbach/Mistelgau/Glashütten abbog. Von ihrer Wohnung aus wäre Julia über den Saaser Berg gefahren, allerdings war diese Strecke unübersichtlicher und kurvenreicher. Die Strecke nach Glashütten war jedoch gut ausgebaut. Beim Anblick des Dorfweihers wurde Julia ein wenig wehmütig. Ihre alte Tante hatte in Glashütten gewohnt, und Julia konnte sich an viele schöne Stunden und etliche lustige Begebenheiten erinnern. Nie war ihre Tante freiwillig zum Arzt gegangen, ihre geflügelten Worte hatten gelautet: »Kimmt vo allaans, geht vo allaans.« Sogar als sie sich die Mistgabel versehentlich in den Bauch gerammt hatte, kam postwendend dieser Satz. Damals hatten sie sich alle große Sorgen gemacht, aber offenbar hatten sämtliche Tetanusviren und blutvergiftenden Keime vor dem unerschütterlichen Optimismus der Tante Reißaus genommen. Eine Bestätigung, dass Ärzte überflüssig waren? Sicherlich dennoch nicht. Ach, die gute Tante – Gott hab sie selig.

Am Ortsende war es dann aber vorbei mit zügiger Fahrt. Der Volsbacher Berg mit seinen tückischen Kurven samt entsprechenden Geschwindigkeitsbegrenzungen sorgte dafür, dass Julias Magen zum ersten Mal seit Wochen wieder leise rebellierte. Entsprechend erleichtert war sie, als sie das Ortsschild von Volsbach passierten und der Blick sich ins Ahorntal weitete. Bis kurz nach Kirchahorn ging es jetzt wieder flott voran, dann nach rechts den Berg hinauf zur Burg Rabenstein, wo sie schnell die Einsatzfahrzeuge der Kollegen sahen. Lotte fuhr schwungvoll neben einen Van, den Julia als Doktor Kollrabs Wagen erkannte. Sie schluckte den Kommentar über die flotte Lotte hinunter, nickte ihrer Praktikantin nur kurz zu und stieg dann aus, um sofort mit dem Arzt zu sprechen. Lotte folgte ihr wie ein Schatten. Am anderen Ende des geschotterten Parkplatzes stand ein uralter Nissan von undefinierbarer Farbe. Früher mochte er mal silbern gewesen sein, mittlerweile überwogen die Rostflecken und übersprühten Stellen in allen möglichen Farben. An der Fahrerseite war eine verkrümmte Gestalt zu erkennen, die im Schlagschatten des Autos auf dem Parkplatz lag. Kollrab war noch eifrig dabei, die Leiche zu untersuchen, und wehrte unwillig jeden Beamten ab, der ihm dabei in die Quere kam. Ein Uniformierter redete wütend auf den Arzt ein.

»Wie lange wollen Sie das denn jetzt noch durchziehen? Sie sind jetzt schon seit über einer halben Stunde am Werkeln. Was Sie hier machen, das ist die Aufgabe der

Rechtsmedizin. Also lassen Sie uns jetzt endlich die Leiche nach Erlangen transportieren, zum Donnerwetter!«

Kollrab blieb unbeeindruckt. »Junger Mann,« – der Beamte war kaum jünger als er selbst – »beruhigen Sie sich. Hier wird niemand abtransportiert, solange nicht die Kommissarin aus Bayreuth hier ist. Basta!«

»Und schon bin ich da. Lassen Sie mal sehen, Quincy. Glauben Sie, es war derselbe Täter wie bei Sperling?«, wollte Julia wissen. Lotte stellte sich hinter ihr auf die Zehenspitzen, in der Hoffnung, einen Blick auf den Toten werfen zu können. Sie hatte sich vorgenommen, diesmal nicht so zimperlich zu reagieren wie bei ihrem ersten Toten. Viel konnte sie jedoch nicht erkennen, bis Kollrab sich erbarmte und einen Schritt zur Seite trat, um die Sicht freizugeben. Julia und Lotte traten heran und gingen neben der Leiche in die Hocke. Es war ein junger Mann, der da vor ihnen lag. Zu Lebzeiten hatte er mit Sicherheit gut ausgesehen, und Lotte ertappte sich bei dem Gedanken, dass sie ihn wohl nicht von der Bettkante gestoßen hätte. An den Unterarmen konnte man Tattoos erkennen, Bee hatte das erwähnt. Auch die ägyptischen Hieroglyphen bemerkte Lotte sofort – das Zeichen des Apophis. Eine unbestimmte Trauer erfasste das Mädchen, als ihr bewusst wurde, dass dieser Tote kaum älter war als sie selbst. Was hätte er noch alles vor sich gehabt … energisch schüttelte sie diese trüben Gedanken ab und konzentrierte sich auf den Vortrag des Arztes.

»… Einstichstelle finden sich auch dieselben signifikanten Vergiftungsmerkmale wie bei Sperling: die Hämorrhagien an den Schleimhäuten, also die Einblutungen –« Julia musste lächeln. »Das, lieber Doktor, habe ich mir gemerkt«, warf sie ein. Er zwinkerte ihr zu. »Sie schon, aber ihre Kollegin weiß das vermutlich nicht. Also, junge

Dame: Sie finden hier –«, er zog das Augenlid ein wenig hoch, und Lotte bemerkte die Rötung. »– und hier –«, diesmal zog Kollrab an der Unterlippe des Toten.

»– Einblutungen ins Schleimhautgewebe, die typisch sind für eine cytolytische Vergiftung. Zellzersetzend, daher dieses Bild mit den Einblutungen. Ich habe mich seit gestern ein wenig in die Thematik eingelesen. Es spricht tatsächlich vieles für ein tierisches Gift, entweder von einer Spinne oder einer Schlange. Allerdings dürfte klar sein, dass Spinnengift normalerweise keinen gestandenen Mann tötet, es sei denn, es wurde konzentriert gespritzt.«

Julia unterbrach ihn an dieser Stelle: »Wir haben den Befund aus Erlangen vorhin bekommen. Es handelt sich um Schlangengift, aber von welcher Schlange genau, da steht das Ergebnis noch aus.«

Kollrab nickte nachdenklich. »Da bin ich gespannt. So oder so kein schöner Tod«, murmelte er.

»Was können Sie sonst noch sagen?«, wollte Julia wissen, und sofort kehrte Kollrabs übliche Begeisterung zurück.

»Sehen Sie, hier: Diesmal ist die Einstichstelle am Hals, nicht am Arm. Dafür hat er am Arm einen wunderschönen Handabdruck. Offenbar wurde er von hinten überrascht, hart am Arm gepackt und gegen das Auto gedrückt. An der Brust finden sich entsprechende Hämatome. Der arme Kerl hatte wohl keine Chance sich zu wehren. Der Täter muss dicht hinter ihm gestanden haben, hat ihn mit der rechten Hand gehalten und ans Auto gedrückt und ihn offenbar mittels eines mit einer Betäubungssubstanz getränkten Lappens außer Gefecht gesetzt. Dann hat er mit der linken Hand zugestochen und das Opfer hier an der linken Halsseite getroffen. Der Stich ging direkt in die

Halsschlagader – ob zufällig oder gut gezielt, kann ich nicht sagen – aber das hat jedenfalls den Todeskampf ziemlich verkürzt, schätze ich. Von dem er eh nicht mehr viel gespürt haben dürfte. Ich gehe davon aus, dass er ausreichend betäubt war. Alles in allem fast identisch mit dem Mord an Sperling, nur dass diesmal das Gift in den Hals kam und nicht in die Armbeuge. Der Lappen mit dem Betäubungsmittel ist unter das Auto gerutscht und wurde offenbar vom Täter vergessen. Ich gehe davon aus, dass auch Sperling auf ähnliche Art betäubt wurde, vermutlich von hinten überrascht. Denn sonst hätte er sich gewehrt.«

»Das ist ziemlich viel für den Anfang«, murmelte Julia, und Kollrab lächelte zufrieden.

»Aber noch nicht genug. Eine Sache liegt mir noch am Herzen. Wollen wir nicht Du zueinander sagen? So oft, wie wir in letzter Zeit miteinander arbeiten.«

»Stimmt, bei den ersten drei Leichen sollte man noch förmlich sein, aber ab der vierten Leiche wird es familiär«, bemerkte Julia. »Also einverstanden. Aber nur, wenn ich weiterhin Quincy sagen darf. Ich bin die Julia.«

Der Arzt hielt ihr die Hand hin und half ihr wieder hoch. Eine Geste, die Julia zu Lottes Überraschung gerne annahm. Schon wollte der Lockenkopf eine flapsige Bemerkung machen, als Julia neben ihr plötzlich schwankte und zu straucheln drohte. Kollrab fing sie auf und hielt mit einer väterlichen Geste Julias Schultern umfasst, während die Kommissarin ein paarmal tief durchatmete und sich bemühte, so zu tun, als wäre nichts gewesen.

»Mädel, kommt ein paar Schritte in den Schatten. Du solltest dir in deinem Zustand nicht so viel zumuten«, ordnete Kollrab an, aber Julia hatte sich schon wieder gefangen und schüttelte unwirsch den Kopf, als er bei ihr unterhakte und sie zu einem Baum führte. Nichtsdesto-trotz lehnte sie sich gerne und erleichtert an den Stamm der alten Eiche, bevor sie konterte.

»Was heißt hier Zustand? Ich bin weder krank noch sonstwie behindert, ich bin einfach schwanger. Und es geht mir gut. Das war nur der Kreislauf, das schnelle Auf-stehen.«

Doch im gleichen Moment verhärtete sich ihr Bauch, Julias Hand legte sich automatisch auf die Stelle und sie schnaufte hörbar ein. Kollrab beobachtete die Kommissarin argwöhnisch.

»Was ist los?«, wollte er wissen. »Alles okay?«

Julia holte noch einmal tief Luft, dann nickte sie. »Übungswehen, sonst nichts«, erklärte sie energisch. Kollrab wusste, dass sie wohl recht hatte, aber trotzdem machte er sich Sorgen um sie.

»Übernimm dich nicht, du tust weder dir noch dem Kind einen Gefallen, wenn du meinst, du müsstest ständig 150% geben. Schalt mal einen Gang zurück«, empfahl er Julia.

»Würde ich ja gerne, aber wir müssen diesen Verrückten finden, bevor er das entführte Mädchen auch noch umbringt. Danach nehme ich meinen Resturlaub, versprochen.«

»Aber versprich mir auch, dass du jetzt wenigstens kurz zu deinem Arzt fährst und dich anschauen lässt, be-vor du weiter auf Mörderjagd gehst«, beharrte Kollrab, und selbst als Julia zögernd nickte, war er noch nicht überzeugt.

»Lotte, du fährst deine Chefin jetzt zurück nach Bay-reuth und sorgst dafür, dass sie wirklich zum Arzt geht, verstanden?«

»Versprochen«, erklärte Lotte energisch. Sie hatte je-doch nicht mit Julias Sturheit gerechnet.

»Zuerst einmal müssen wir abklären, was unsere über-eifrigen Kollegen bis jetzt ermittelt haben.«

Mit diesen Worten wendete sich Julia den Uniformierten zu, die immer noch ungeduldig darauf warteten, dass die Leiche zum Transport nach Erlangen freigegeben wurde.

»So, was wissen Sie denn über den Toten?«

»Er heißt Justus Körzdörfer und ist wohnhaft in Glas-hütten, Kiefernweg 23. Er hat wohl in der Küche der Burg gearbeitet und wurde nach Feierabend hier abgefangen. Mehr wissen wir bisher noch nicht.«

»Wo ist sein Handy? Sein Wohnungsschlüssel? Sein Autoschlüssel?«, wollte Julia wissen, aber sie erntete nur ein Schulterzucken.

»Wir haben nichts bei ihm gefunden außer seinem Geldbeutel. Da war sein Ausweis drin, sonst nichts Ver-wertbares. Ein Zwanziger, ein Führerschein, eine Konto-karte. Das war alles.«

»Ist schon jemand bei seiner Wohnung?«, fragte sie noch nach, und als der Beamte stumm den Kopf schüttelte, zückte sie ihr Handy, um Stefan zu informieren.

»Schickst du gleich mal die SpuSi dorthin? Die Woh-nung liegt ja auf unserer Strecke, da fahren Lotte und ich auch gleich hin«, beschloss sie, als die Praktikantin ihr energisch das Handy wegnahm und selbst mit Stefan sprach.

»Stefan, du schickst da bitte jemand anderen hin. Ich fahr nämlich jetzt mit Julia direkt nach Bayreuth zurück und dann geht sie erst einmal zum Arzt. Hat Doktor Koll-rab angeordnet.«

Julias Protest verhallte ungehört, und nachdem Lotte im Besitz der Autoschlüssel war, blieb Julia gar nichts anderes übrig, als sich zu fügen.

Kapitel Vierzehn - Donnerstag Nachmittag

Am frühen Nachmittag kam Jan ins Büro. Verwirrt schaute er sich um, als er Julia nirgends sehen konnte.

»Ich hab mir freigenommen, damit ich euch helfen kann. Stefan, bitte sag mir, was ich machen soll. Ich kann nicht untätig bleiben, ich fühl mich verantwortlich für Cat. Aber – wo ist eigentlich Julia?«

Stefan Siems begrüßte Jan erstaunt. Er hatte noch keine Ahnung, dass die beiden sich ausgesprochen und wieder zusammengefunden hatten. Entsprechend unerwartet kam für ihn Jans Angebot.

»Julia ist beim Arzt. Wir hatten heute wieder eine Leiche –« Jan wurde kalkweiß, und Stefan beeilte sich, ihn zu beruhigen. »Eine männliche Leiche, und Julia war mit Lotte am Tatort. Da hat sie sich wohl etwas zu viel zugemutet und sie wurde zum Doc geschickt. Was ist mit euch beiden? Habt ihr endlich mal miteinander geredet?«

Jan nickte. »Haben wir. Wir hätten uns so viel Stress sparen können, wenn wir beide ehrlich zueinander gewesen wären. Aber jetzt zu Cat – was kann ich tun?«

Stefan überlegte nur kurz. »Pass auf, ich mach mir Sorgen um Julias Gesundheit. Sie will natürlich ständig in vorderster Front mitmischen. Aber jetzt habe ich die Leitung übernommen und möchte, dass sie es ruhiger angeht. Wird natürlich nicht klappen, wenn ich ihr das so sage. Also werde ich ihr eine Aufgabe zuteilen, bei der ich ziemlich sicher bin, dass ihr nichts passiert. Trotzdem wäre es gut, wenn du auf sie aufpasst. Mir wäre da schon geholfen, weil ich mir dann nicht noch einen Kopf um

Julia machen muss. Und wenn wir deine Hilfe noch anderswo brauchen, gebe ich dir Bescheid. Okay?«

»Ja, klar. Aber du musst ihr schon das Gefühl geben, dass sie etwas Wichtiges zum Fall beiträgt. Sonst riecht sie den Braten.«

»Das lass mal meine Sorge sein. Ich hab schon eine ungefähre Vorstellung davon, was sie machen kann.«

Als wäre das ihr Stichwort gewesen, kam Julia in Büro. Als sie Jan bemerkte, flog ein Leuchten über ihr Gesicht, sie nickte ihm allerdings nur leicht zur Begrüßung zu. Alles andere wäre ihr unpassend erschienen. Aufatmend ließ sie sich auf ihren Stuhl fallen.

»Na also – wie ich gesagt hatte. Es sind nur Übungswehen, kein Grund zur Panik. Es ist alles in bester Ordnung, und solange ich nicht plötzlich einen Marathon laufe oder so was Verrücktes, kann ich auch ganz normal weiterleben und vor allem weiterarbeiten. Was habt ihr denn in der Zwischenzeit herausgefunden?«

Beängstigend wenig. In der Wohnung des Toten hatte es keine Hinweise auf Cats Aufenthaltsort gegeben. Allerdings waren sowohl Bee als auch Cat offensichtlich in einem Zimmer mit von außen verriegelten Fensterläden sowie in einem Kellerraum der Wohnung festgehalten worden. Nach dem Stand der Dinge vermuteten die Ermittler, dass der Mörder – aller Wahrscheinlichkeit nach der Priester Anton – Justus um Schlüssel und Handy erleichtert hatte und nach der Tat in die Wohnung eingedrungen war. Alles war durchwühlt, die Tür zum Kellerraum hatte offen gestanden. So, wie es aussah, hatte der Priester Cat an einen anderen, bisher völlig unbekannten Ort verschleppt.

Natürlich wollte Julia sofort losfahren und selbst die Wohnung aufsuchen. Diesmal jedoch war es Stefan, der energisch sein Veto einlegte, noch bevor Lotte oder Jan etwas sagen konnten.

»Nichts da, du bleibst hier und wirst später pünktlich Feierabend machen. Ich brauche dich morgen gesund und munter im Team, also ruhst du dich bitte ein wenig aus. Von mir aus kannst du hier einstweilen die Fotos auswerten, die von der SpuSi gekommen sind. Vielleicht findest du da was Brauchbares, irgendeinen Hinweis. Aber nach Glashütten fährst du mir heute nicht. Weder allein, noch mit Jan oder Lotte. Basta.«

Widerwillig fügte Julia sich. Insgeheim hätte sie sich dafür ein Monogramm in den Allerwertesten beißen mögen, dass sie Stefan die Leitung abgetreten hatte. Für ihr Empfinden übertrieb er es maßlos mit seiner Fürsorge.

»Aber Bee abholen und hierher bringen lassen, das darf ich hoffentlich schon noch, oder? Ich würde ihr gerne die Fotos des Toten zeigen, damit wir ganz sicher sein können.«

Stefan nickte kurz.

Eine halbe Stunde später kam das junge Mädchen ins Büro und setzte sich auf den leeren Stuhl neben Julias Schreibtisch.

»So, da bin ich. Was gibt's denn so Dringendes?« Peng! Platzte der Kaugummi, und sie packte ihn schnell zurück in den Mund, um gelangweilt darauf herumzukauen. Offenbar machte ihr der Tod ihres Vaters nicht besonders schwer zu schaffen, oder aber sie verbarg es sehr gut.

Julia zog eine Augenbraue hoch und schob ein Foto des toten Justus zu Bee hinüber. Kaum hatte das Mädel einen Blick darauf geworfen, da wurde sie kreidebleich und verschluckte sich an ihrem Kaugummi, was eine heftige Hustenattacke nach sich zog. Lotte sprang auf und klopfte Bee so lange auf den Rücken, bis diese wieder normal atmen konnte.

Aber mit dem Hustenanfall war auch die gespielte Fassade weggebröckelt, Bee begann nur hemmungslos zu weinen. Sie wurde so heftig von Schluchzern geschüttelt, dass Lotte beruhigend den Arm um sie legte und tröstend auf sie einredete. Es dauerte etliche Minuten, bis das Mädchen sich halbwegs beruhigt hatte. Schließlich schnäuzte sie sich und blickte verstört in Julias Gesicht.

»Das ist der Kerl, der mich entführt hat. Er ist tot, oder? Schon der zweite Tote, der auf mein Konto geht. Ich werde nie mehr ruhig schlafen können, erst mein Vater und jetzt dieser Justus, und ich bin schuld.«

Wieder begann sie zu weinen, diesmal jedoch leise und resigniert. Julia stand auf, ging um ihren Schreibtisch herum, zog einen Stuhl heran und setzte sich neben Bee. Behutsam nahm sie die Hand des Mädchens.

»Bee, hör mir zu: Du bist nicht schuld daran, dass die beiden tot sind. Schuld daran ist dieser Irre, der immer noch frei herumläuft. Wenn du nicht bei deinem Freund übernachtet hättest, dann wärst du jetzt vermutlich auch tot. Und dein Vater wäre vermutlich trotzdem aufgewacht und seinem Mörder in die Arme gelaufen. Aber du bist nicht schuld, du bist selbst ein zufälliges Opfer, das Justus ausgesucht hat. Du bist in diesen Strudel von Tod und Irrsinn hineingezogen worden – doch du hast ihn nicht verursacht. Aber außer dir wurde auch noch ein anderes Mädchen mit reingezogen, und wir müssen alles daran setzen, sie zu retten. Also, wenn dir noch irgendetwas einfällt, bitte hilf uns! Jede Kleinigkeit kann wichtig sein.«

Bee überlegte angestrengt, aber dann schüttelte sie den Kopf. »Nein, tut mir leid, ich habe alles erzählt, was ich weiß. Dieser Priester, er hatte ein sehr auffälliges Tattoo am Hals, eine Schlange, die sich um seinen Hals gewunden hat, rundherum. Aber das habe ich ja schon gesagt. Und das auf dem Foto ist jedenfalls dieser Justus, der mich in die Falle gelockt und später wieder freigelassen hat.«

Julia nickte. »Okay, das ist schon mal etwas, damit wissen wir jetzt sicher, dass der Mord an ihm mit unserem Entführungsfall zu tun hat. Bee, ein Kollege wird dich zurückbringen. Bitte bleib im Haus und verrate niemandem, wo ihr seid. Wir geben euch Bescheid, wenn der Mörder gefasst ist und ihr wieder nach Hause könnt. Alles klar?«

»Ja, verstanden. Ich wünsch euch viel Glück bei der Jagd, damit das Mädchen nicht umgebracht wird. Ciao.«

Bee ging in Begleitung eines uniformierten Beamten hinaus, und Lotte starrte ihr traurig hinterher, während Julia unwillig den Kopf schüttelte. Was hatte sie sich denn erhofft? Eine durchbrechende Erkenntnis, den alles entscheidenden Hinweis?

Stefan warf ihr einen schnellen Blick zu. Lange genug arbeiteten die beiden gemeinsam, also ahnte er, was in seiner Kollegin vorging.

»Julia, immerhin haben wir jetzt die Bestätigung, dass der Tote Bees und vermutlich auch Cats Entführer ist. Das ist besser als nichts. Und wir haben den Namen des mutmaßlichen Mörders. Wenn wir ihn ausfindig machen, dann haben wir auch Cat. Die Großfahndung läuft, und wir müssen versuchen, mehr über die Verbindungen Altners zu erfahren. Freunde, Verwandtschaft, Kollegen, Nachbarn – vielleicht ist da irgendwer dabei, der ihm eine Garage, einen Schuppen, einen Keller oder ein Ferienhaus überlassen hat. Cat kann sich ja nicht in Luft aufgelöst haben, irgendwo muss er sie eingesperrt haben.«

Er zeigte auf die Wanduhr. »Und außerdem ist es gleich fünf, du gehst jetzt bitte heim und machst Feierabend. Ich hab es dir ja schon gesagt: Ich brauch dich morgen, und zwar fit und einsatzbereit. Also: bis morgen.«

Julia seufzte und räumte ihren Schreibtisch flüchtig auf. Dass sie sich die Fotos der SpuSi längst selbst gemailt hatte, war niemandem aufgefallen. Und da sie wusste, dass sie daheim unter der Hand weiterarbeiten würde können, räumte sie jetzt widerspruchslos das Feld.

Jan, der ja nicht mit direkter Ermittlungsarbeit beauftragt werden konnte, war in der Zwischenzeit trotzdem nicht untätig gewesen: Er hatte sich um die Verpflegung der Soko gekümmert und kam gerade mit einem Kasten Cola sowie einem Riesenstapel gefüllter Pizzakartons herein. Er zwinkerte Julia zu.

»Vom Pizzaboten zum Taxifahrer, das ist ja mal ein Aufstieg. Ich fahr dich heim. Sers mitranander.«

Sie fügte sich gerne, zumal Jan einen Abstecher zum Vietnamesen neben der Hölderlin-Anlage machte.

»Ich hab gedacht, nachdem du keine Pizza gewollt hast, magst du vielleicht hier was? Du musst was essen. Stefan hat recht: Du musst morgen topfit sein, die brauchen dich dabei. Also, was magst du?«

Julia entschied sich für Tofu in Kokos-Curry-Soße. Unvernünftig, weil scharf, aber ihr lief schon beim Gedanken daran das Wasser im Mund zusammen. Und mit etwas Glück würde sie kein Sodbrennen bekommen. Eine Handvoll Mandeln hinterher gekaut, das müsste helfen.

Zwanzig Minuten später sperrte sie die Haustür auf, wie immer mit Kater Leo zwischen den Beinen, der sie wieder einmal fast zum Stolpern brachte. Schnell füllte sie sein Schüsselchen, bevor sie Jan folgte, der bereits das Essen auf den Terrassentisch gestellt hatte. Sie aßen schweigend, es war kein gutes, vertrautes Schweigen, sondern ein besorgtes. Als sie aufgegessen hatten, räumte Julia den Tisch ab und winkte Jan, ihr nach innen zu folgen. Im Wohnzimmer klappte sie ihren Laptop auf und öffnete die Mail mit den Fotos.

»Julia, lass es doch sein. Es ist bald sechs, Stefan hat gesagt, du sollst pünktlich Feierabend machen. Morgen kannst du das auch noch anschauen.«

Doch Jans Protest verhallte ungehört.

»Du kannst mir helfen und die Fotos mit durchsehen, oder du kannst heimfahren und dir ein Bier einschenken. Deine Entscheidung«, stellte sie lapidar fest, wohl wissend, dass er sie nicht allein lassen würde. Und tatsächlich setzte sich Jan mit einem schlecht unterdrückten Seufzer zu ihr aufs Sofa.

»Und was erhoffst du dir?«, wollte er wissen.

»Keine Ahnung, irgendein winziges Detail, das wir bisher übersehen haben und das uns zu diesem Anton Altner führt. Also los, vier Augen sehen mehr als zwei.«

Kapitel Fünfzehn - Freitag

Wie an jedem Abend stand der Sonnengott Re aufrecht in seiner Sonnenbarke, die von Seth über den Rand der Erde gezogen wurde.

Wie an jedem Abend begab er sich mit seiner Gefolgschaft auf seine nächtliche Reise durch die Unterwelt.

Wie in jeder Nacht wurde Re von seinem Bruder Apophis angegriffen, der mächtigen Schlange, die versuchte, die Sonnenbarke zum Sinken zu bringen.

Wie in jeder Nacht schaffte es Apophis, Re und sein Gefolge zu hypnotisieren, sodass sie nicht mehr zurückkonnten auf die Erde. Und wie in jeder Nacht war Seth der Einzige, der den Blicken des Apophis widerstehen konnte.

Seth tötet Apophis, dessen Blut bei Sonnenaufgang den Himmel rot färbt, an jedem Morgen aufs Neue.

So siegt nach jeder Nacht das Gute über das Böse, aber des Abends ist das Böse doch wieder da und der alte Kampf beginnt von vorne.

Jeden Abend, jede Nacht, jeden Morgen dasselbe.

Und Julia saß auf dem großen freien Tafelberg, um zuzusehen. Immer wieder und wieder sah sie zu, sie sah das alles und war zugleich dabei. Sie sah es und war zugleich Apophis, der kämpfte, starb und wieder auferstand.

Verwirrt blickte Julia vom Tafelberg Neubürg übers Land, schien Adleraugen zu haben, sah die fränkische Schweiz und das Fichtelgebirge trotz Dunkelheit deutlich vor sich, nur schwach beleuchtet vom Mondschein. Ihre Verwirrung ließ sie kurz aufwachen, aber nachdem sie erkannte, dass sie in ihrem Schlafzimmer lag und wohl nur geträumt hatte, glitt sie schnell wieder in tiefen Schlaf.

***

Julia erwachte von einem sanften Tritt gegen ihre Bauchdecke. Lächelnd legte sie ihre Hand auf die Stelle und drehte sich auf die andere Seite. Da lag Jan, noch schlafend, dicht neben ihr. Eine Welle von Zärtlichkeit und Glück stieg in Julia hoch, sie war froh und dankbar, dass sich alles zum Guten gewendet hatte, dass sie jetzt tatsächlich eine richtige Familie sein konnten. Ihre Hochstimmung hielt etwa zehn Sekunden lang an, dann wurde sie weggefegt von dem Gefühl, dass sie versagt hatte. Die Realität war wieder in Julias Bewusstsein gesickert und hatte ihr einen Tritt in den Magen versetzt, der keineswegs sanft gewesen war, sondern mehr als brutal: Cat war immer noch verschwunden, heute war Vollmond, das Mädchen würde aller Voraussicht nach heute sterben. Und sie, KHKin Julia Lehmann, hatte nichts, überhaupt nichts in der Hand. Zwei Stunden lang hatten sie gestern Abend noch die Fotos aus Körzdörfers Wohnung angesehen. Studiert. Bis ins letzte Detail vergrößert, in der Hoffnung, einen Hinweis zu finden auf das Versteck oder auf Anton Altner. Nichts. Sie hatte versagt, und wegen ihres Versagens würde ein junges Mädchen sterben, das noch das ganze Leben vor sich gehabt hätte. Ein Mädchen, das sie gekannt und ihr vertraut hatte.

Julia begann zu weinen, anfangs bemühte sie sich, lautlos zu sein, damit Jan nicht erwachte. Aber nach ein paar Minuten gelang ihr das nicht mehr, und so dauerte es nicht lange, bis Jan blinzelnd die Augen öffnete und erschrocken hochfuhr.

»Julia, um Himmels Willen – was ist los? Geht es dir nicht gut? Ist etwas mit dem Baby?«

Sie schüttelte schluchzend den Kopf und lehnte sich an ihn.

»Nein, aber Cat … wird sterben. Weil ich … es nicht geschafft habe, sie zu retten«, flüsterte sie verzweifelt.

Jan angelte eine Packung Taschentücher vom Nachttisch und wischte ihr zärtlich das Gesicht ab. »Nein, sie wird nicht sterben. Wir werden jetzt in die Dienststelle fahren und gemeinsam mit Stefan und dem ganzen Team einen Weg finden, diesen irrsinnigen Priester Schachmatt zu setzen. Komm jetzt, mit Tränen ist Cat nicht geholfen.«

Julia nickte und schnaufte so tief durch, wie ihr Babybauch es zuließ.

»Du hast recht, Selbstmitleid ist das Dümmste, was ich mir jetzt erlauben kann. Also auf.« Energisch schnäuzte sie sich in ein Taschentuch, dann schwang sie sich aus dem Bett und beeilte sich, ins Bad zu kommen.

Eine halbe Stunde später waren sie bereits unterwegs, Jan machte noch einen Schlenkerer zum Bäcker und kaufte zwei Brötchen und zwei Bamberger Hörnla.

»Du musst was im Magen haben, und ich kann mit leerem Bauch nicht vernünftig arbeiten«, erklärte er ihr, als er die Brötchentüte auf ihren Schoß legte.

Julia tat so, als würde sie protestieren, aber der Duft des Hörnchens ließ ihr das Wasser im Mund zusammenlaufen, also langte sie in die Tüte. Als sie auf den Parkplatz der Dienststelle fuhren, hatten beide gefrühstückt und stürzten sich gestärkt und zuversichtlich auf ihre Arbeit.

Stefan und Lotte waren bereits da, und kurz nach Julia und Jan fanden sich auch die anderen Beamten der Soko ein. Zu der Teambesprechung, die Stefan einberufen hatte, erschien auch Staatsanwalt Strasser. Schon von Weitem hörte man seinen schnellen Schritt auf dem Gang, dann riss er die Tür des Besprechungszimmers schwungvoll auf und begrüßte die Anwesenden mit einem schnarrenden »Guten Morgen, die Herrschaften. Was gibt es Neues? Hoffentlich endlich einmal gute Nachrichten? Haben Sie Altner gefunden? Ihm das Mädchen entrissen? Wir brauchen Ergebnisse! Und wir brauchen eine befreite Katharina und mindestens eine Festnahme.«

Ein kurzer Blick auf die gesenkten Köpfe, und selbst Strasser verstummte, ohne seine üblichen Tiraden über Effizienz loszuwerden. Nacheinander erstattete nun jeder Bericht über die bisherige Vorgehensweise, die wenigen brauchbaren Hinweise, über die sie bisher verfügten, und die für heute geplanten Schritte. Die Rechtsmedizin hatte sich gemeldet, das Gift war analysiert.

»Das Schlangengift stammt von einer Greifschwanz-Lanzenotter. Diese Art kommt in Südamerika vor, also bei uns nur in Terrarien. Und nachdem die Viecher auf keiner Artenschutzliste stehen, ist der Handel auch problemlos möglich. Wir haben also keine Chance, über eine eventuelle Registrierung den Halter herauszufinden. Aber wenigstens wissen wir jetzt, was Sperling und Körzdörfer getötet hat.«

Fabian hatte sich um Sperlings Facebook-Account gekümmert.

»Wenigstens das war ziemlich einfach. Ich musste nicht mal das Passwort herausfinden, denn er war an seinem PC eingeloggt. Ein paar Leute haben ihn angeschrieben wegen der Entführung. Meistens war es unwichtiges Zeug, aber eine Nachricht ist dabei, die wir überprüfen sollten. Da hat eine Viktoria gemeint, dass ein Kerl, auf den die Beschreibung im Netz gepasst hat, sich von ihrem Nachbarn

163

öfter mal das Auto ausleihen würde. Vielleicht weiß dieser Nachbar mehr über Körzdörfer und Altner?«

Er bekam den Auftrag, das zu überprüfen. Zwei Beamte sollten außerdem noch einmal zu Körzdörfers beziehungsweise Altners Wohnung fahren und auch deren Nachbarn befragen. Die Einwohnermeldeämter im näheren Landkreis sollten nach einer eventuellen Zweitwohnung Altners abgegrast werden. Sogar ein Hubschraubereinsatz mit Wärmebildkamera wurde genehmigt, der die Umgebung der beiden Wohnungen, vor allem die Wälder im Umkreis, nach Cat absuchen sollte.

Da der Wettlauf gegen die Zeit immer aussichtsloser erschien, mussten sie der Tatsache ins Auge sehen, dass Cat wohl kaum im Laufe des Freitags gefunden werden würde. Stefan räusperte sich kurz, dann erklärte er:

»Wenn wir es nicht schaffen, Cat vor Einbruch der Dunkelheit zu finden, dann wird Altner sie opfern. Das bedeutet für uns, wir müssen rechtzeitig an der Opferstelle sein. Und dazu müssen wir wissen, welche Orte dafür infrage kommen könnten. Julia, Jan – das wird eure Aufgabe. Lotte, du stellst alle Orte zusammen, an denen der Kerl schon Tiere geopfert hat.«

Entschlossen, verbissen gab jeder sein Bestes, um den entscheidenden Hinweis zu finden. Ohne Mittagspause arbeiteten die Beamten der Soko, nur gestärkt durch Unmengen an Kaffee und ein paar Stücke der großen Partypizzen, die sie am frühen Nachmittag hatten liefern lassen. Mit jeder Stunde wurde deutlicher, dass sie den Fokus auf die Opferung richten mussten. Um halb vier am Nachmittag rief Stefan nochmals alle Mitarbeiter im Besprechungszimmer zusammen.

»Leute, was haben wir heute erreicht? Wenn ich das mal zusammenfassen soll: so gut wie nichts.«

Das stimmte leider. Der Hubschrauber hatte nach zwei Stunden die Suche ergebnislos abgebrochen, außer ein paar Spaziergängern hatte die Wärmebildkamera nichts erfasst. Der Nachbar dieser Viktoria hatte erklärt, Körzdörfer nur über die Arbeit in der Burg zu kennen. Körzdörfer hätte ihn manchmal um sein Auto gebeten, weil sein eigener alter Karren öfter streikte. Er hätte ihm jedes Mal einen Zehner als Dankeschön gegeben und das Auto ohne Schrammen und Kratzer zur vereinbarten Zeit wieder zurückgegeben. Sonst wisse er nichts.

Altners Nachbarn hatten übereinstimmend ausgesagt, dass er seit einiger Zeit kauzig und eigenbrötlerisch geworden war. Selbst wer sich früher gut mit ihm verstanden hatte, wusste nichts über seine aktuellen Interessen, sein derzeitiges Leben zu berichten. Körzdörfer war wesentlich geselliger gewesen, aber auch er hatte sich in den letzten Wochen zurückgezogen. Eine Nachbarin wusste von einer alten Scheune, die zwischen Glashütten und Volsbach am Waldrand stand. Die hatte er wohl vor einem halben Jahr gepachtet, um dort Autos zu reparieren und unterzustellen. Die hingeschickte Streife fand allerdings auch dort nichts Verdächtiges. Entweder hatte Altner nichts von der Scheune gewusst, oder er hatte selbst ein besseres Versteck parat gehabt. Abgesehen von drei halb verrosteten Opel Kadett, aus denen Körzdörfer sich wohl wenigstens ein fahrtüchtiges Auto hatte zusammenbasteln wollen, war in der Scheune jedenfalls nichts zu finden.

Die Abfragen bei den Einwohnermeldeämtern hatte ebenfalls nichts ergeben, obwohl nicht nur Altner, sondern auch Körzdörfer überprüft worden war. Es war wie verhext – alle Spuren verliefen im Sand.

Julia trug die wenigen Kultstätten vor, die sie gefunden hatte. Bei Pottenstein gab es das Hasenloch, wo ein Junge angeblich in grauer Vorzeit von einem Hasen zerfleischt worden war.

»Das klingt ja eher nach Ritter der Kokosnuss«, bemerkte einer der Beamten. Auf Strassers verständnislosen Blick hin erklärte er: »Na, das Killerkaninchen.« Auch das half Strasser nicht weiter, der nur verärgert abwinkte.

»Interessant fand ich bei dem Hasenloch nur die Nähe zur Burg Rabenstein, wo ja immerhin der Mord an Körzdörfer passiert ist«, stellte Julia fest. »Aber ich kann mir nicht vorstellen, dass jetzt plötzlich so weit weg von hier geopfert werden soll. Für mich ist das nicht stimmig.«

Stefan machte sich Notizen und nickte bestätigend. »Das sehe ich ähnlich, aber wir müssen uns an jeden seidenen Faden klammern. Was hast du noch zu bieten?«

»Wie Lotte neulich schon erklärt hat: Am Oschenberg gab es wohl früher eine Kultstätte für germanische Götter. Als die Priester ermordet wurden, hat wohl einer von ihnen die Stelle verflucht. Hier haben wir die Parallele zu Altners Opferstätten. Und auf einer Wiese bei Seulbitz soll wohl bei Vollmond ein großer schwarzer Hund herumgeistern, in dem die Seele eines Mörders oder Selbstmörders steckt. Also der Vollmond als Gemeinsamkeit. Zwischen Mistelbach und Glashütten treibt sich im Sommer das Heumännle herum, von dem habe ich nichts weiter herausgefunden. Man kann angeblich am Waldrand die Wagenräder vom Heumännle knarzen hören. Das war's.«

Augenrollen von Strasser und eine grimmige Grimasse von Stefan – sie hatten sich alle mehr erhofft.

»Lotte, was hast du denn zu bieten? Wo überall waren die Kerle aktiv?«

Die Praktikantin zückte diensteifrig ihr Tablet und erstattete Bericht. »Am Stadtfriedhof auf insgesamt 13 Gräbern, die offenbar wahllos im Friedhof verteilt liegen.

Vermutlich 12 Küken – teilweise waren nur Blutflecken und Kerzenstummel zu finden – und ein Hahn. Am Friedhof in Sankt Georgen auf drei Gräbern, auch wahllos verteilt, 2 Gräber nur mit Blutflecken und Kerzenstummeln, ein Grab mit einer toten Katze. Dann noch der Ziegenbock am Röhrensee. Außerdem haben wir den Mord an Herrn Sperling in seinem Garten und den Mord an Justus Körzdörfer bei der Burg Rabenstein. Wir haben Fotos von sämtlichen Gräbern, vom Tiergehege und von den Tatorten der Morde.«

Stefan warf dem IT-Experten einen fragenden Blick zu. »Markus, kannst du versuchen, bei den Gräbern einen Zusammenhang zu finden? Eine Gemeinsamkeit? Ein Muster?«

Der Angesprochene überlegte kurz, dann nickte er zögernd. »Ich kann es versuchen. Vielleicht geht was über die Geburts- und Sterbedaten, dass diese Zahlen eine Bedeutung haben. Oder dass die Anordnung der Gräber ein Symbol ergibt. Ich mache mich gleich drüber.«

»Okay, Leute. Wir müssen uns jetzt darauf konzentrieren, Cat direkt an der Stelle zu finden, wo sie voraussichtlich geopfert werden soll. Wir haben also die beiden Friedhöfe, den Oschenberg und die Wiese bei Seulbitz. Hat jemand noch eine andere Idee?«

Julia nickte zögernd. »Ja, die Neubürg. Aber das ist nur ein Gefühl, ich kann es nicht begründen.«

Einige der Männer begannen zu lachen, und der Bonsai machte eine abwehrende Bewegung. »Soso, ein Gefühl also?«, schnarrte er los. »Können Sie dieses Gefühl auch näher beschreiben oder irgendwie begründen? Ich kann mir nämlich nicht vorstellen, dass wir Beamte nur aufgrund eines unbestimmten Gefühls dorthin schicken, die uns dann woanders fehlen.«

Julia starrte den Staatsanwalt an, ohne zu antworten, und damit war die Sache erledigt. Stefan beendete die Besprechung, und im Hinausgehen zog sie ihn etwas zur Seite.

»Stefan, lach mich jetzt bitte nicht aus wegen der Neubürg. Ich hätte das nicht vor versammelter Mannschaft sagen können, aber ich habe letzte Nacht geträumt, ich wäre auf der Neubürg gewesen und hätte den Kampf zwischen Re und Apophis erlebt. Daher mein Gefühl.«

Ihr Kollege überlegte kurz. »Julia, ich werde noch drüber nachdenken und dir später Bescheid geben. Aber Strasser hat recht: Nur auf Verdacht Beamte dorthin zu schicken, das können wir uns nicht leisten. Die Personaldecke ist eh dünn genug.«

»Wir könnten Verstärkung anfordern, von der Bundespolizei«, sinnierte Julia.

»Strasser ist da wohl dran, aber die haben auch zu wenig Leute in der Hundertschaft. Es gibt wohl einige bundesweite Einsätze, wohin etliche abgezogen wurden.«

Stefan ging hinüber in die Teeküche und goss sich einen großen Kaffee ein. Ein paar Minuten Ruhe, ein paar Minuten Nachdenken. Er selbst hielt wenig von Julias Gefühl. So ein Traum erschien ihm nicht unwahrscheinlich, sie standen alle unter enormem Druck. Das beschäftigte auch das Unterbewusstsein. Und auch, wenn Julia es nie zugab, die Schwangerschaft beeinflusste ihr Gemüt mit Sicherheit mehr, als sie es sich eingestand. Dazu kam noch, dass sie Cat persönlich kannte und damit eine emotionale Bindung zum Opfer hatte. Außerdem war die Neubürg ein beliebter Treffpunkt vor allem für junge Leute, in einer Vollmondnacht ganz besonders. Das machte Julias Theorie noch unwahrscheinlicher. Und ihm fehlte einfach das Personal, er konnte ihrem Verdacht nicht nachgehen.

Andererseits würde Julia mit Sicherheit heute Nacht mitmischen wollen, und er trug die Verantwortung für den Einsatz. Auch dafür, dass Julia und ihr Baby nicht unnötig gefährdet wurden. Schnell schüttete er den Kaffee in sich hinein, zu heiß, zu stark, zu bitter. Unmutig knallte er die leere Tasse in die Spüle und ging zurück ins Büro.

»Okay, Julia. Wenn sich nichts anderes mehr ergibt, sprich: Wenn Markus nicht noch ein Muster in Bezug auf die Gräber herausfindet, dann fährst du mit Jan und Lotte zur Neubürg. Aber keine Alleingänge, hörst du? Wenn dort irgendwas Verdächtiges sein sollte, informierst du uns sofort, klar?«

»In Ordnung, so machen wir es.«

Ein plötzlicher Windstoß ließ einen Papierstapel flattern, und Lotte lief schnell zum Fenster, um es zu schließen. Beunruhigt schaute sie nach draußen, wo sich am Horizont dunkle Wolkenmauern auftürmten.

»Wir sollten Regenklamotten mitnehmen«, seufzte sie. Ein schneller Blick auf die Uhr, kurz nach vier. Sie drehte das Radio an, gerade noch rechtzeitig für den Wetterbericht auf der Mainwelle. Christian Höreth klang nicht gerade erfreut.

»Ja, liebe Hörer – das klingt nach einem verregneten Bürgerfest-Auftakt. Für heute Abend sind schwere Gewitter gemeldet, das könnte den Bayreuthern das Feiern vermiesen. Aber hoffen wir mal das Beste. Vielleicht ziehen die Gewitter vorbei, und für morgen ist eh wieder schönes Wetter gemeldet. Dann dürfte ja zumindest der Bürgerfest-Samstag gerettet sein. Also, liebe Hörer: Macht die Fenster heute Abend zu, sonst könnte es reinregnen.«

»Na prima«, kommentierte Fabian. Julia dagegen war in Gedanken versunken – an das Bürgerfest hatte sie gar nicht mehr gedacht. Auch sie hatte sich gefragt, ob sie richtig lag mit der Neubürg. Wie sollte Altner es schaffen, den Tafelberg menschenleer zu bekommen? Da war das Bayreuther Bürgerfest natürlich eine willkommene Gelegenheit, da würde die Neubürg erheblich weniger Zulauf haben als an einem normalen Freitag. Und bei Gewitter würde sich gleich gar niemand mehr dorthin verirren. Also freie Bahn für Altner und seine mörderischen Pläne. Aber er hatte ja nicht wissen können, dass ausgerechnet heute das Wetter umschlug. Ihr fuhr durch den Kopf, ob wohl der ägyptische Gott persönlich da seine Hände im Spiel haben mochte, aber das war natürlich abergläubischer Irrsinn.

Der Rest des Tages verging mit vergeblichen Bemühungen, noch etwas herauszufinden. Schließlich erklärte Stefan nach Absprache mit Strasser, dass sie sich nur noch auf den voraussichtlichen Tatort konzentrieren würden. Da der IT-Experte ebenfalls nichts Brauchbares in Bezug auf die Gräber herausgefunden hatte, wurde angeordnet, die Eingänge des Stadtfriedhofs zu überwachen und zusätzlich zwei Streifen auf dem Gelände zu postieren. Der Friedhof in Sankt Georgen war überschaubarer, dort waren weniger Beamte erforderlich. Ein Team auf die Seulbitzer Wiese, zwei Teams an den Oschenberg. Alle Orte lagen nah genug beieinander, um schnell Verstärkung anfordern zu können. Einzig die Neubürg machte eine Ausnahme, aber Strasser wie auch Stefan waren nach wie vor überzeugt davon, dass sie keine Rolle spielen würde.

Kurz nach acht fuhren Julia, Jan und Lotte also zu dritt los in Richtung Mistelgau. Mittlerweile hatten die Gewitterwolken den kompletten Himmel eingenommen, dunkel und bedrohlich türmten sie sich auf. Noch regnete es nicht, aber am Horizont leuchtete es beunruhigend gelb. Das Landkind Lotte deutete dorthin. »Das gefällt mir gar nicht, das sieht gewaltig nach Hagel aus«, kommentierte sie. Julia antwortete nicht, Jan setzte den Blinker und bog rechts ein auf die Landstraße zur Neubürg. »Hochsommer und jetzt schon so finster, dass man meinen könnte, es ist gleich Nacht. Hoffentlich liegst du mit deinem Hagel daneben, Lotte. Sonst wird es noch ungemütlicher als eh schon«, knurrte er.

Es war etwa halb neun, als sie das Auto schließlich am Parkplatz unterhalb des Tafelbergs abstellten. Wie nicht anders zu erwarten gewesen war, stand kein einziges weiteres Fahrzeug dort. Julias Angst und Sorge um Cat war mittlerweile so groß, dass sie anfing zu zittern.

»Oh Gott, ich habe mich geirrt. Und jetzt können wir Cat nicht helfen, die anderen hätten unsere Unterstützung gebraucht, und stattdessen sind wir hier im Nirwana, ohne Aussicht auf Erfolg.«

Sie begann leise zu weinen. Jan, der selbst schon ganz unruhig war, legte tröstend den Arm um sie. Er wollte ihr nicht zeigen, dass er ähnlich dachte. Andererseits hatte Stefan ihm ja zugesagt gehabt, dass er Julia aus der Schusslinie halten würde. Das war ihm gelungen, und Julia selbst hatte die Vorlage dafür gegeben.

Es war Lotte, die jetzt eine eiserne Entschlossenheit an den Tag legte.

»Leute, wir sind hierher gefahren, weil Julia dachte, hier könnte die Opferung stattfinden. Wenn wir aber hier unten im Auto hocken bleiben, werden wir das nie erfahren. Also los jetzt!«

Jan starrte sie an, als sei sie nicht ganz richtig im Kopf.

»Lotte, meinst du ernsthaft, dass bei diesem Sauwetter hier oben eine Opferung stattfindet? Ich an der Stelle dieser Spinner würde mir eine gemauerte Gruft am Stadtfriedhof suchen. Da ist es trocken und im Gegensatz zu hier richtig gemütlich. Du wirst sehen: Bald kommt ein Funkspruch von den Streifen am Friedhof, dass sie Cat befreit haben.«

Unbeirrt stieg das Mädel aus. Just in diesem Moment öffneten sich alle Schleusen, und ein mit Hagel gemischter Platzregen begann. Es donnerte, und in der Ferne war immer wieder Wetterleuchten zu sehen. Noch war das Gewitter nicht genau über ihnen. Lotte warf sich eine Regenjacke über und wollte losstapfen.

»Warte, wir kommen natürlich mit«, rief Julia ihr zu, zog sich ebenfalls eine Regenjacke an und stieg aus. Mit einem resignierten Seufzer zog Jan den Zündschlüssel ab und folgte den beiden über die Straße. Schon nach wenigen Metern war der Wanderweg durch ein rot-weißes Absperrband abgeriegelt. Mittlerweile war es so dunkel geworden, dass man kaum etwas erkennen konnte. Trotzdem schreckte Julia davor zurück, ihre Taschenlampe zu benutzen und so ihre Anwesenheit zu verraten.

»Hier stimmt definitiv was nicht«, raunte sie Lotte und Jan zu. Lotte ging bis zu dem Absperrband und versuchte, die Aufschrift zu entziffern.

»Polizeiabsperrung steht drauf. Ob das gefälscht ist?«

»Das werden wir gleich wissen. Gehen wir zurück zum Auto und funken die Kollegen an«, beschloss Julia.

Jan widersprach ihr. »Und wenn du recht hast, wenn Cat da oben ist? Dann kommt es doch auf jede Minute an, auf jeden Meter«, warf er ein.

Julia überlegte kurz, dann nickte sie. »Okay, das stimmt. Lotte, du gehst zurück zum Auto und klärst das ab. Und wenn in Bayreuth keiner was von der Absperrung weiß, dann forderst du sofort Verstärkung an, klar?«

Die Praktikantin schnappte sich den Schlüssel, den Jan ihr hinhielt. »Bin schon weg.«

Während Jan und Julia sich vorsichtig den Weg entlang pirschten, lief Lotte eilig zurück zum Parkplatz. Gerade wollte sie die Autotür öffnen, als sie aus den Augenwinkeln eine Bewegung wahrnahm. Erschrocken wirbelte sie herum und starrte den dunkel gekleideten Kerl an, der plötzlich vor ihr stand.

***

Jan ging voraus, hielt Julia immer wieder die Hand hin, um sie zu stützen, aber sie schüttelte ihn stets unwillig ab.

»Ich bin nicht krank, hört endlich auf, mich so zu behandeln«, fauchte sie leise. Unter anderen Umständen hätte er sich darüber amüsiert, aber jetzt stand ihm nicht der Sinn danach. Es war gefährlich hier, und das lag nicht nur an der Möglichkeit, dass Altner und seine Truppe hier herumlungern könnten. Es schüttete nach wie vor wie aus Eimern, dazwischen immer wieder relativ große Hagelkörner, von denen jeder Treffer schmerzte. Der Boden war uneben, nass und rutschig, in der Dunkelheit war kaum etwas zu erkennen. Immer wieder lagen kleinere Steinbrocken auf dem Weg, über die man zusätzlich noch stolpern konnte. Es war eine bittere Erkenntnis für ihn, dass Julias Gefühl sie offensichtlich nicht betrogen hatte, dass sie also nicht an der ungefährlichsten Stelle waren, sondern mitten im Brennpunkt.

Vorsichtig schlichen sie weiter, bis sie vor sich einen schwachen Lichtschein bemerkten. Es roch nach Rauch und gelöschtem Feuer, offenbar hatte das Gewitter auch hier ganze Arbeit geleistet. Anstatt von Fackeln und Feuerschein waren die Lichtkegel mehrerer Taschenlampen zu erkennen. Hören konnte man noch nichts, dazu waren sie noch zu weit entfernt, und das Rauschen des Regens übertönte eh alles. Die beiden drückten sich in den Schutz eines alten Baumes und versuchten, etwas zu sehen. Jetzt allerdings wurden die Taschenlampen ausgeschaltet und das Szenario vor ihnen war in tiefe Schwärze getaucht. Gespannt starrten Jan und Julia in die Dunkelheit und hofften auf ein erneutes Wetterleuchten, das ihnen Klarheit über die Situation verschaffen sollte. Sie achteten nicht auf den hinter ihnen liegenden Weg, sahen nur einen kurzen Moment lang vor ihnen eine Stele des Naturkunstraums in helles Licht getaucht. Es war der große Ammonit, der wie der Griff eines in die Erde gerammten überdimensionalen Dolchs wirkte. Und direkt davor sahen sie eine mit einer Kutte verhüllte Gestalt, die sich über eine weitere, auf einem großen Tisch – einem Altar? – liegende Gestalt beugte. Um ihn herum standen sieben weitere verhüllte Personen.

Julia unterdrückte einen leisen Aufschrei. Instinktiv zog sie ihre Waffe – hätte sie das nicht schon längst tun sollen? – und wollte gerade einen Warnschuss abgeben, als sie hinter sich eine Bewegung mehr erahnte als wahrnahm. Sie wirbelte herum und entsicherte die Pistole, Jan neben ihr war völlig überrascht, er hatte nichts bemerkt. Jetzt konnte Julia tatsächlich auch einen Schatten erkennen, der dicht hinter ihnen auf dem schmalen Weg aufgetaucht war.

»Halt, Polizei«, raunte Julia, trotz allem darauf bedacht, den Priester nicht auf sich aufmerksam zu machen. Die stürmischen Böen und der starke Regen taten das Ihre dazu, dass niemand an der Stele sie bemerkte.

»Julia, ich bin's doch – Lotte«, kam die Antwort, und Julia senkte mit einem Seufzer der Erleichterung ihre Waffe.

»Alles klar, Lotte?«, fragte sie halblaut.

»Ja, Verstärkung dauert aber noch eine Zeit. Ein Typ hat mich am Auto angegriffen, aber der hat nicht damit gerechnet, dass ich voriges Jahr die Stadtmeisterschaft in Karate gewonnen habe. Jetzt liegt er gefesselt im Auto«, gluckste Lotte zufrieden.

»Na, Gott sei Dank«, entfuhr es Jan.

»Aber wir können nicht mehr auf die Verstärkung warten. Altner kann Cat jeden Augenblick töten. Wir sind auf uns gestellt. Lotte, deine Pistole. Und Jan, du tust so, als ob.«

Die Praktikantin erschauderte kurz. Sie hatte zwar bisher alle Schießübungen bestanden, aber es war das erste Mal, dass sie im Ernstfall auf die Waffe angewiesen war. Schließlich nickte sie und zog ihre Pistole. Keinen Moment zu früh, denn der Priester, der dicht vor dem überdimensionalen Ammoniten stand, hob jetzt die Arme, als wolle er zustoßen. Ein greller Blitz zuckte direkt über ihnen am Himmel, dicht gefolgt von einem lauten Donnerschlag. Deutlich hatte man im Licht das kurze Aufblitzen eines Dolches erkennen können, und Julia wurde fast verrückt vor Angst um Cat.

»Los, kommt mit«, bedeutete sie Lotte und Jan, während sie aus der Deckung des alten Baumes heraustrat und zügig näher an die Gruppe heranlief.

»Halt – Polizei! Hände hoch!«, rief Julia, so laut sie konnte, aber ihre Worte wurden von Sturm und Regen zerfetzt. Niemand bemerkte sie, wohl auch, weil alle wie hypnotisiert auf den Priester starrten, der an dem Ammoniten lehnte und mit durchdringender Stimme unverständliche Beschwörungsformeln rief.

Julia vergewisserte sich, dass Jan und Lotte dicht hinter ihr waren, dann gab sie einen Warnschuss in die Luft ab. Diesmal wurde sie gehört, Altner unterbrach sich und starrte sie wütend an, seine Gefolgschaft folgte seinen Blicken.

Julia ahnte, dass sie auf verlorenem Posten kämpften, wenn sie sich jetzt eine Blöße gaben. Langsam kam sie ein paar Schritte näher, bis nur noch fünfzehn Meter sie von den Leuten trennten, die Pistole im Anschlag, Lotte und Jan dicht hinter sich wissend.

»Nein, du Hexe, du wirst mich nicht aufhalten!«, schrie Altner und hob erneut die Arme, den Dolch fest mit beiden Händen haltend.

In diesem Moment grellte erneut ein Blitz auf, hellblau leuchtend und nach Schwefel stinkend fuhr er direkt in den Ammoniten hinein.

Altner kam nicht einmal mehr dazu, aufzuschreien. Er sank zu Boden wie ein nasser Sack – oder sprichwörtlich: wie vom Blitz getroffen.

Seine Mitstreiter erschraken und riefen laut durcheinander, aber ein erneuter Warnschuss Julias brachte sie zur Ruhe. Sie knipste ihre starke Taschenlampe an und bedeutete Lotte und Jan, es ihr gleichzutun. Die Waffe hielt sie auf Altners Gefolge gerichtet, sie ließ die Gestalten nicht aus den Augen.

»Alle da hinüber an den Felsen, aber plötzlich«, ordnete sie lautstark an.

»Jan, schau nach, ob Altner noch lebt. Und Lotte, du schaust nach Cat«, rief sie den beiden zu, ohne sich umzudrehen. Zu gerne hätte sie sich persönlich um das Mädchen gekümmert, aber das Risiko, zu guter Letzt doch noch überwältigt zu werden, war ihr zu hoch. Umso erleichterter war Julia, als sie Cats Stimme erkannte:

»Julia, Jan – Gott sei Dank seid ihr hier. Ich hab solche Angst gehabt. Die wollten mich töten und einem Apophis opfern«, schluchzte Cat.

»Bist du okay, Cat?«

»Ja, ich denke schon. Ich hab mir aber in die Hose gepinkelt vor Angst«, gab das Mädchen zu.

Lotte, die mittlerweile Cats Fesseln löste, musste lächeln. »Glaub mir, ich auch beinahe. Wenn's weiter nichts ist, dann ist ja alles im grünen Bereich«, redete sie beruhigend auf Cat ein. Die setzte sich langsam auf.

»Puh, mir ist schwindelig«, stöhnte sie und rieb ihre Handgelenke.

»Bleib noch ein wenig sitzen, steh nicht sofort auf«, riet Julia, erneut ohne sich umzudrehen. Aber die Apophisjünger waren so verstört über die unerwartete Wendung, dass sie keine Anstalten machten zu fliehen.

Jan, der neben Altner am Boden gekniet hatte, richtete sich langsam auf und schüttelte den Kopf. »Julia, ich denke, er ist tot. Jedenfalls konnte ich keine Lebenszeichen mehr feststellen.«

Quincy wird begeistert sein, schoss es Julia durch den Kopf, aber sie sprach es nicht laut aus. Sie selbst nahm den Geruch von verglühtem Metall und verschmortem Fleisch wahr, und sie merkte, wie Würgereiz in ihrem Hals hochstieg. Aber sie mussten durchhalten, bis die von Lotte angeforderte Verstärkung eintraf.

»Jan, für Altner kannst du nichts mehr machen. Kümmere dich bitte um Cat. Und Lotte, du kommst rüber zu mir, Waffe im Anschlag. Verstanden?«

Dass ihre Praktikantin nickte, konnte Julia nicht sehen. Aber gleich darauf stellte Lotte sich neben sie, und das

177

erfüllte Julia mit unsagbarer Erleichterung. Die Kerle konnten nicht wissen, dass diese Polizeistreife aus einer Hochschwangeren, eine Praktikantin und einer Zivilperson bestand, und das beruhigte Julia ungemein.

Nach überraschend kurzer Zeit hörte Julia, dass mehrere Personen den Weg heraufkamen. Schnell wies sie sich aus und trug den Polizisten auf, die Männer festzunehmen, was zügig geschah.

»Wie habt ihr es denn so schnell hierher geschafft?«, wollte sie wissen. »Seid ihr geflogen?«

Neugierig musterte sie die Truppe, die ihr gänzlich unbekannt war.

»Wir sind aus Nürnberg«, erklärte ihr der Truppführer. »Wir hatten eine Übung ganz in der Nähe, in einer leerstehenden Scheune hinter Obernsees. Unser Junior hat den Polizeifunk gehört, als eure Praktikantin mit Bayreuth gesprochen hat. Und da sind wir natürlich sofort los, in voller Montur, wie wir waren.«

Tatsächlich trugen sie alle Kampfanzüge, Helme und kugelsichere Westen, wie Julia erst jetzt auffiel, als die Anspannung nachließ. Die festgenommenen Apophisjünger wurden in den Einsatzwagen verfrachtet, und von der Straße her konnte man ein näher kommendes Martinshorn hören. Das gehörte zu dem zwischenzeitlich angeforderten Notarzt.

»Eure Praktikantin ist ganz schön clever«, meinte der Nürnberger. »Nicht nur, dass sie über Funk genau beschrieben hat, wohin wir uns wenden müssen, und das trotz der Dunkelheit. Nein, sie hat uns auch noch dringend gebeten, lautlos und zumindest die letzten Meter nur mit Standlicht zum Parkplatz zu fahren, damit ja niemand etwas bemerkt. Wir hatten gar nicht damit gerechnet, dass

178

ihr die Spinner schon überwältigt habt. Gute Arbeit von euch allen«, lobte er.

Prävention war ja sonst eher nicht die Aufgabe der Mordkommission, dachte Julia und steckte endlich ihre Waffe wieder weg. Auch Lotte war sichtlich erleichtert darüber, keinen Gebrauch von der Schusswaffe gemacht zu haben.

Es überraschte niemanden, dass wieder einmal Dr. Kollrab der diensthabende Arzt war, der jetzt mit großen Schritten auf das mittlerweile mit Strahlern hell ausgeleuchtete Gelände gelaufen kam.

»Julia, was hast du denn diesmal für mich?«, rief er schon von Weitem.

Die Kommissarin lächelte müde. »Was wohl – eine Leiche natürlich. Wir waren wieder einmal nicht schnell genug, der Blitz hat ihn erschlagen.«

»Oho, mal ganz was anderes als die üblichen Giftmorde«, freute sich Kollrab. »Das sieht mir doch eher nach einem Gottesurteil aus.«

»Halt, stopp. Bevor du dich über die Leiche her machst, untersuchst du bitte Cat gründlich.«

Das Mädchen wollte abwehren, sie fühlte sich gut. Aber da kam sie bei Kollrab an die falsche Adresse.

»Mädel, du hast einen Schock. Da merkt man nicht, wie bescheiden es einem in Wirklichkeit geht. Also lass dich mal anschauen.«

Wenig später gab er allerdings tatsächlich Entwarnung. »Keinerlei äußere Verletzungen, es sieht alles gut aus. Trotzdem möchte ich Cat zur Beobachtung über Nacht ins Klinikum schicken. Weißt du eigentlich, dass du unglaubliches Glück gehabt hast? So weit weg von der Stele ist dieser Altartisch ja auch nicht, der Blitz hätte durchaus noch überspringen können. Behaupte ich jetzt mal als Laie.

179

Aber wenn ich das Blaulicht unten auf der Straße richtig deute, ist der Krankenwagen mittlerweile auch schon da, die können dich gleich hinfahren. Ist das okay für dich?«

Cat nickte resigniert. Julia zwinkerte ihr aufmunternd zu. »Keine Sorge. Morgen besuchen wir dich, und sobald sie grünes Licht geben, bist du wieder draußen. Wann kommen eigentlich deine Eltern wieder?«, wollte sie wissen.

»Ich weiß es nicht genau. Vielleicht ruft meine Mutter mal an. Das Telefonnetz ist dort in der Pampa ziemlich mies, man erreicht sie nur schwer. Internet haben sie gleich gar nicht.«

»Oh ja, das haben wir gemerkt, als wir deine Eltern über dein Verschwinden informieren wollten. Na ja, wer weiß – vielleicht ist es besser so, dass sie erst hinterher davon erfahren. Sonst hätten sie sich bestimmt arg verrückt gemacht. Ganz was anderes: Wie ist es dir denn ergangen seit deiner Entführung?«

Cat überlegte erst einmal und suchte nach den richtigen Worten.

»Der Typ, der mich entführt hat, der hat mich angesprochen, als wir nach Bagheera gesucht haben. Der war eigentlich ganz okay. Trotz allem freundlich und höflich, hat mir zu essen und zu trinken gegeben. Dann war er plötzlich nicht mehr da, und stattdessen ist dieser Kerl aufgetaucht, der da, der jetzt tot ist. Der war ganz komisch drauf, unfreundlich, hat mich gepackt und in der Nacht weggefahren in einen alten Felsenkeller. Dort war es feucht und kühl, ich hab ständig gefroren. Gefesselt hat er mich auch. Und zu essen hab ich auch nichts mehr gekriegt, bis heute Abend. Da hat er mich gefragt, was ich denn gerne essen würde. Ich hab mir Burger gewünscht und die hat er dann auch gebracht. Und eine Cola dazu. Als ich aufgegessen hatte, meinte er, jetzt wäre es an der

Zeit, dass ich geopfert werde, hat mich geknebelt und hierher gebracht. Ich hab so Angst gehabt, dass ihr mich nicht rechtzeitig findet.«

Julia nahm das Mädchen in die Arme. »Glaub mir, Cat, diese Angst haben wir auch gehabt. Ich bin heilfroh, dass alles noch mal gut gegangen ist. Aber schau, da kommen die Sanitäter, mit denen gehst du jetzt bitte mit und bleibst im Klinikum. Wir besuchen dich morgen, versprochen.«

Dr. Kollrab widmete sich zwischenzeitlich schon wieder seinem skurrilen Hobby. Eifrig beugte er sich über Altners Leichnam. »Mehr Licht bitte«, forderte er energisch.

»Ich mach das schon«, erklärte Lotte, als Julia mit ihrer Taschenlampe zu ihm gehen wollte. »Ruh du dich jetzt mal aus.«

Dankbar setzte sich Julia auf einen Felsbrocken, Jan kam zu ihr und legte den Arm um sie. »Lieblingskommissarin, was machst du nur für Sachen? Stefan wollte dich eigentlich aus der Schusslinie halten, doch du musst natürlich wieder mal den richtigen Riecher haben und dich mitten ins Geschehen stürzen. Jetzt ist aber mal Schluss, denk bitte an unser Kind.«

»Jan, da kannst du dir sicher sein. Das war der letzte Einsatz vor der Babypause. Ab morgen bin ich im Urlaub bis zum Mutterschutz, versprochen. Sollen Stefan und Lotte die Stellung halten, ich bin raus.«

»Aber Julia, ich bin doch nur fürs Praktikum hier«, rief Lotte herüber. »Von meinen acht Wochen ist die erste doch schon herum. Und ich hoffe sehr, die nächsten Wochen werden nicht ganz so turbulent.«

»Lotte, ich verlasse mich aber drauf, dass du nach deiner Ausbildung zu uns kommst. Willst du?«, fragte Julia, worauf Lotte einen Begeisterungsruf ausstieß.

»Klar will ich, wenn das dann auch klappt? Was könnte mir denn Besseres passieren als heimatnah in Bayreuth unterzukommen, noch dazu mit so netten Kollegen und Doktor Quincy an der Seite?«, lachte sie.

Der Erwähnte schaute kurz hoch. »Wenn ich das Geplänkel mal unterbrechen dürfte: Der Tote hat eine deutlich sichtbare Eintrittsstelle am Rücken und eine Austrittsstelle am Fuß. Der Blitz hat ihn quasi von oben bis unten verbrannt, was sein Herz wohl nicht überstanden hat. Also ausnahmsweise kein Mord, wenn auch kein natürlicher Tod. Ab nach Erlangen mit dem Hohepriester, würde ich sagen. Aber jetzt zu dir. Darf ich kurz Blutdruck messen und die Herztöne von Mutter und Kind abhören? Was hast du dir überhaupt dabei gedacht, schon wieder an vorderster Front mitzumischen?«

Kollrab drohte Julia mit dem Zeigefinger, als er zu ihr herüberkam. Kopfschüttelnd öffnete er seine Arzttasche, und Julia senkte schuldbewusst den Blick.

»Wobei ich diesmal wirklich gar nichts dafür kann, Quincy. Mein Kollege wollte mich aus allem raushalten und hat mich dahin geschickt, wo mir seiner Meinung nach am wenigsten passieren konnte.«

»Du meinst wohl, wo du am wenigsten Unheil stiften konntest?«, scherzte der Arzt, während er ihren Blutdruck kontrollierte.

»Das liegt alles nur daran, dass keiner auf mein Bauchgefühl vertraut, außer mir. Ich hab gleich gesagt, ich habe ein komisches Gefühl bei der Neubürg, ich habe heute Nacht von hier geträumt. Ich habe von hier aus den Kampf zwischen Re und Apophis beobachtet, das war vielleicht durchgeknallt.«

»Na ja, vielleicht war es ja Re, der dich hierher geschickt hat, damit du die Auferstehung von Apophis verhinderst. So wie früher John Sinclair und Suko mit seiner Dämonenpeitsche«, sinnierte Kollrab.

»Was, du auch? Ich hab die Heftla verschlungen, als ich ein Teenie war. Aber an ägyptische Götter glaube ich leider nicht, Re kann es nicht gewesen sein.«

»Woran glaubst du dann?«, fragte Kollrab, das Stethoskop an Julias Bauch gelegt.

»Schwer zu sagen. Früher hab ich an gar nichts geglaubt. Mittlerweile denke ich, es muss eine höhere Macht geben, das kann nicht alles nur Zufall sein, was im Leben passiert.«

»Oder im Tod«, ergänzte Jan mit einer Kopfbewegung in Richtung Altner, der gerade in einen Zinksarg gepackt wurde für den Abtransport nach Erlangen.

»Oder das. Mutter und Kind wohlauf, lautet mein Befund. Und jetzt ab mit euch nach Hause, den Rest können die Nürnberger Kollegen erledigen. Das ist eine ärztliche Anordnung, klar?«

Julia lachte erleichtert auf.

»Dann nichts wie ab in den verdienten Urlaub. Lotte, du darfst fahren.«

ENDE

Nachbemerkung:

Als Cat zwei Tage später aus dem Krankenhaus entlassen wurde, wartete Bagheera schon hungrig und müde vor der Haustür. Cat und Marcella waren außer sich vor Freude darüber, dass das Spitzohr wieder aufgetaucht war.

Dass sie ein paar Wochen später fünf kleine Katzenkinder gut unterbringen würden müssen, ahnten sie zu diesem Zeitpunkt noch nicht.

Nachdem Julia Lehmann sich nun in die hochverdiente Babypause verabschiedet, ist es an der Zeit für ein von Herzen kommendes

Dankeschön

Zuallererst an den Elvea Verlag, wo ich mit meinen Büchern ein echtes Zuhause gefunden habe. Maßgeblich daran beteiligt ist die liebe Barbara Bär, die sich immer offen für meine Ideen und Projekte zeigt, mich toll unterstützt und auch für die wunderschönen Cover meiner Bücher verantwortlich ist. Ein dickes Dankeschön geht auch an Uwe Köhl fürs Layout und für seine stoische Ruhe trotz meiner diversen Änderungswünsche (»Könnten wir vielleicht das noch da, und das noch fett, aber dafür das kursiv, und den Satz xy noch ändern in yx?«).

Dann natürlich gebührt meiner Tochter Sabrina Dank dafür, dass sie trotz chronischer Zeitnot meine Bücher lektoriert – und meiner kompletten Familie danke ich dafür, dass sie klaglos meine Schilderungen verschiedener Szenen über sich ergehen lassen und auf logische Fehler abklopfen. Ohne euch hätte ich mich schon das eine oder andere Mal verrannt.

Danke auch dir, liebe Angelika Guder-Späth, für die spannende Zusammenarbeit bei den RWG-Krimis und die daraus resultierenden Cross-overs. Dass Lotte auch bei Julia Lehmann ermitteln darf und Dr. Kollrab die Leichen bei Doris Lech untersucht, ist beileibe nicht selbstverständlich.

Und zuletzt möchte ich auch noch meine Autorenfreundin Rita Hampp nennen, ohne deren Ermunterung ich niemals angefangen hätte, Bücher zu schreiben.

Notenspur in Moll

Wissen kann tödlich sein

Antje Haugg

ISBN: 978-3-946751-78-6

Mörderische Zahlenspur

Angelika Guder-Späth

Antje Haugg

ISBN: 978-3-946751-85-4

Antje Haugg
Bayreuther Rhapsodie

Thriller

ELVEA

ISBN: 978-3-946751-87-8

FSC
www.fsc.org
MIX
Papier | Fördert
gute Waldnutzung
FSC® C083411

Zeitfracht Medien GmbH
Ferdinand-Jühlke-Straße 7
99095 Erfurt, Deutschland
produktsicherheit@kolibri360.de